T0278370

La lista de las cosas imposibles

La lista de las cosas imposibles

Laura Gonzalvo

Plataforma
Editorial

Primera edición en esta colección: febrero de 2024

Título original: *La llista de les coses impossibles* (2022)
© Laura Gonzalvo
*La presente edición ha sido licenciada a Plataforma Editorial por
los propietarios de los derechos mundiales, Columna Edicions,
por mediación de Oh!Books Agencia Literaria.*

© de la traducción, Laura Gonzalvo, 2024
© de la presente edición: Plataforma Editorial, 2024

Plataforma Editorial
c/ Muntaner, 269, entlo. 1.ª – 08021 Barcelona
Tel.: (+34) 93 494 79 99
www.plataformaeditorial.com
info@plataformaeditorial.com

Depósito legal: B 1143-2024
ISBN: 978-84-10079-16-8
IBIC: FRD

Printed in Spain – Impreso en España

Diseño e ilustración de cubierta:
Alba Ibarz

Fotocomposición:
gama, sl

El papel que se ha utilizado para imprimir este libro proviene
de explotaciones forestales controladas, donde se respetan
los valores ecológicos y sociales y el desarrollo sostenible del bosque.

Impresión:
Sagrafic

A Pau.

«De los cobardes no hay nada escrito».

JOSÉ MANUEL CASAMITJANA FERRÁNDIZ
(1949-2017), cirujano de columna
cervical, jefe del Departamento
de Traumatología del hospital
Vall d'Hebron.

Índice

31 DE JULIO DE 2003

El teléfono sonó alrededor de las doce del mediodía. Cuando lo oí, me levanté de la toalla y crucé la cubierta del barco hasta el rincón donde había dejado mi bolso. Localicé el móvil en el fondo del capazo, hice ademán de descolgar y me quedé helada. Congelada. Como si un rayo hubiera localizado el diminuto punto que yo ocupaba en medio del mar, me hubiera apuntado, hubiera atravesado la atmósfera y las nubes y el cielo, se hubiera estrellado sobre mí y me hubiera dejado clavada en el suelo y con la mirada fija en el nombre que titilaba en la pantalla.

Era jueves, el último jueves de julio, y yo no tenía nada mejor que hacer que dormir la resaca al sol. Hacía dos días que había empezado las vacaciones: tenía por delante un mes entero sin obligaciones. Sin ataduras. Un mes entero para mí. Para improvisar. Para hacer lo que me viniera en gana. Para aceptar, con la misma naturalidad hedonista, una invitación a pasar unos días en Palamós, una partida de Rummikub o un termino el turno a las cuatro, ¿me esperas? Un mes para dejarme llevar.

El móvil continuaba sonando y yo dudaba. Con las cejas arqueadas por encima de las gafas de sol, mi amiga, la que me había invitado a pasar unos días en la Costa Brava, me observaba desde lejos, convencida de que quien me llamaba era el camarero de la noche anterior.

Pero no. No era el camarero.

Y yo sabía que, cuando le dijera quién era en realidad, ella mudaría la expresión. Eso era lo que siempre ocurría.

Porque regodearse hablando del tío con el que la amiga se había acostado la noche anterior era una cosa y otra, bien distinta, era hablar de Guim.

Primera parte

ABRIL-SEPTIEMBRE DE 1997

1

—Guim ha tenido un accidente.

Hacía dieciocho meses que habíamos empezado a salir, trece desde que lo habíamos dejado y diez desde que nos habíamos visto por última vez en la puerta del colegio, la noche que celebrábamos que habíamos terminado la selectividad. Desde entonces cada uno había ido por su lado. Estudiábamos en universidades distintas, vivíamos en pueblos distintos y nos movíamos por ambientes distintos. Ya no teníamos nada en común.

Nada que nos pudiera hacer coincidir de nuevo.

—¿Cómo que un accidente?

Debían de ser las cinco y media pasadas. Mi padre estaba en la oficina y Sergi, mi hermano, todavía no había vuelto de clase. Mi madre y yo estábamos solas en casa. Yo leía. No recuerdo qué, pero seguro que leía. Una novela, unos cuentos o tal vez los apuntes de la universidad. Da igual. Cuando aquella tarde sonó el teléfono y yo corrí a descolgar, el universo se detuvo y no importó nada más.

—Ha sido un accidente grave, Clara. Con la moto.

Era Manel quien me hablaba, el mejor amigo de Guim. A él tampoco le veía desde el curso anterior.

—¿Está...?

No necesitaba mirarme al espejo para saber que estaba blanca como el papel. Lo sentía. Y me dolía como si con el color me hubieran arrancado también tiras de piel.

—No. No está muerto. Aunque quizás habría sido mejor que lo estuviera.

No hice caso a la segunda parte de la frase. Ni siquiera la procesé. No estaba muerto y esa era la única verdad que quería escuchar. Porque yo, a Guim, lo quería vivo. Lo necesitaba vivo.

Necesitaba saber que caminaba por las mismas calles que yo, que respirábamos el mismo aire, que contemplábamos el mismo paisaje. Imaginar que no nos habíamos cruzado por la calle por una diferencia ínfima, de segundos, de minutos tal vez, de horas. Que nos habíamos sentado en el mismo asiento del tren, que habíamos comprado un cruasán en la misma panadería o que habíamos estado bailando en la misma pista. Que sin saberlo habíamos bebido de la misma taza o comido del mismo plato. Que, por remota que fuera, existía la posibilidad de que cualquier día, en cualquier momento, en cualquier lugar, el destino hiciera que nos volviéramos a encontrar.

2

El día anterior al de la llamada de Manel, Guim decidió no ir a la universidad. Quería acercarse a Sant Hilari Sacalm, a la masía de su familia, el Masramon. Le apetecía desde que se había comprado la moto grande, pero aún no había tenido ocasión. Xènia aceptó la propuesta sin dudarlo un segundo. Que por supuesto que podía saltarse unas clases y acompañarlo. Que le encantaría. Hacía solo unos días que Xènia y Guim salían juntos, pero ella llevaba mucho tiempo colada por él. Durante, al menos, un curso entero, se había dedicado a observarlo desde lejos, de ese modo en que se contempla a los chicos mayores, sin tener ni la más remota idea de cómo acercarse a ellos. Y ahora que él estaba libre y ella seguía dispuesta, Guim no se había hecho de rogar demasiado. Todo el mundo tenía claro que Xènia Boldú estaba buenísima y, a pesar de que no era su tipo, él no era tan idiota como para dejar pasar semejante oportunidad.

Al salir de casa aquella mañana, Guim pensó que el día prometía. La primavera estaba asomando y la temperatura era ideal, con el cielo limpio de nubes y un sol espléndido. Recogió a Xènia en el Eixample y ambos se dirigieron hacia el interior, tomando enseguida carreteras secundarias. Eran las carreteras que más le gustaban a Guim: estrechas e intrincadas, de esas que se adentran entre montañas y atraviesan campos y bosques y pueblos pequeños. Las disfrutaba como un crío. Como si de atracciones de feria se tratara. El rugido del motor fundiéndose con el rumor suave del follaje; el viento en la cara; los giros imprevisibles de la calzada. Frenar antes de tomar la curva para luego trazarla, acelerar a la mitad, inclinar la moto y terminar saliendo de ella a todo gas.

Tal como Guim había supuesto, aquel día en el Masramon, una vieja casona donde sus tíos y primos se encontraban cada tanto, no había nadie. Invitó a Xènia a comer en un restaurante del pueblo y después se alejaron del centro para echar una siesta. Encontraron un paraje tranquilo en las afueras. Aparcaron la moto, dejaron los cascos colgando del manillar, extendieron las cazadoras en el suelo y se tumbaron encima a besarse, a tocarse y a dormitar un rato. Eran más o menos las tres y media de la tarde cuando se movilizaron de nuevo. Se suponía que Xènia estaba en el colegio y debía llegar a casa a una hora razonable.

En cuanto se incorporaron a la carretera, Guim y Xènia alcanzaron a una excavadora que circulaba por su mismo carril. Él ya se había fijado en ella antes, mientras se ponían las chaquetas, los cascos, los guantes. Tenía ruedas grandes, de tractor, y una gran pala oxidada en la parte delantera, suspendida a media altura.

La excavadora avanzaba muy lentamente. Tanto que era difícil seguirle el ritmo. Cuando el conductor puso el intermitente de la derecha y redujo la velocidad, Guim no dudó en dar gas a fondo para adelantarla. Pero entonces, justo cuando había empezado la maniobra, la excavadora se le puso enfrente, en el lado izquierdo de la calzada. Guim ya estaba adelantándola e iba demasiado deprisa. La otra, demasiado despacio. No tenía tiempo ni espacio para frenar. La única opción para no chocar con ella era esquivarla. Por la derecha.

En aquel momento, Guim estaba convencido de que la excavadora quería girar a la izquierda y que se había confundido de intermitente. No podía saber, de ninguna manera, que lo que en realidad quería era abrirse a la izquierda y tomar un pequeño camino de tierra que nacía muy cerrado en el margen derecho de la carretera. Tampoco se había dado cuenta de que el vehículo no llevaba retrovisores y ni siquiera se le pasó por la cabeza que, en todo el rato que llevaban circulando tras él, el conductor no los hubiera visto. Y, sin embargo, no los vio. No hasta el momento preciso en que giró y se les echó encima.

La primera en caer fue Xènia. El hierro oxidado de la pala se le clavó en la pierna y le rasgó la piel, los músculos y los tendones. Le partió el hueso y la dejó en la calzada, tumbada sobre un charco de sangre.

Guim tardó algo más, pero terminó precipitándose contra el talud del arcén. La moto impactó primero. Después, su cabeza. Y él se quedó allí, en el suelo, inmóvil, medio sentado y aparentemente ileso.

A solo un par de metros de distancia, a pesar de tener el frontal y el carenado destrozados, la carrocería roja de la moto resplandecía bajo el sol de justicia de aquel día precioso, idílico y sin nubes de principios de la primavera.

3

Menos mal que no eras tú la que venía conmigo en la moto, Clara, me dijo Guim en cuanto nos quedamos solos, el día que fui a verlo a la Unidad de Lesionados Medulares del hospital Vall d'Hebron. Recuerdo muy bien aquella visita. La primera. Al salir del metro me encontré en la calzada lateral de la ronda. Subí hasta el edificio de Traumatología. La respiración se me entrecortaba. Busqué la entrada de Urgencias, vi las ambulancias y la escalera de emergencia. Subí por allí. En el tercer piso me topé con Oriol, el hermano de Guim. Estaba sentado en los últimos peldaños de la escalera, fumando con un colega. También había un paciente allí, fumando a su lado, a escondidas. Estaba sentado en una silla de ruedas y llevaba una bata de hospital, una de esas que cubren solamente por delante. Tenía la mano medio cerrada y algo, un artilugio de alambre, acoplado a los dedos para sostener el cigarrillo. Se lo acercaba a los labios levantando el brazo entero, en un movimiento rígido, como de autómata. Estaba escuálido y, al aspirar el humo, las mejillas se le hundían y su cabeza parecía una calavera cubierta solo por una capa finísima de piel amarillenta.

Cuando Oriol me vio y se puso en pie para saludarme, a mí se me amontonaron las lágrimas y tuve que hacer un esfuerzo enorme para no parpadear. Tenía los ojos de Guim, rasgados y de un marrón suave, como de caramelo. La misma sonrisa, también. Los dientecillos de ratón. El cabello de Guim cuando lo llevaba corto. Pero no era tan alto, ni tan delgado. No tenía pecas y no llevaba pendiente ni botas negras ni los vaqueros rasgados por el interior de la pernera.

Ey, ¿qué pasa, Clara?, me dijo con la voz algo áspera, pero el tono amable, casi alegre, como si nos hubiéramos encontrado por casualidad en cualquier otro lugar. Suspiré y me encogí de hombros. No podía hablar. Se me habría roto la voz. Él apagó el pitillo en un culo de botella de plástico rebosante de agua sucia y colillas, y me hizo una seña. Vamos, que te acompaño.

El pasillo, detrás de la puerta de emergencia, estaba a reventar. La mayoría eran antiguos compañeros nuestros de bachillerato, gente a la que no veía y de la que no sabía nada desde el curso anterior. Pero también vi a Candela, la madre de Guim y de Oriol, que caminaba despacio con la mirada perdida y que desapareció enseguida, tragada por el gentío.

Mientras Oriol y yo nos abríamos paso, sentí aquellos ojos. Las cabezas que me señalaban. Los codazos. Los comentarios susurrados. Pero yo no miré a nadie. Seguí andando hasta una puerta doble, grande, verde y con un cartel que rezaba: SEMICRÍTICOS.

Antes de entrar, Oriol se volvió hacia mí. Guim lleva dos vías. Una en cada brazo. Y tubos y sensores y cables por todos lados. Hay un montón de aparatos con lucecitas

25

que lo monitorizan las veinticuatro horas del día: temperatura, pulso, presión, respiración, oxígeno en sangre. Para advertirme. Lo que más impresiona son los clavos: dos hierros, clavados en la cabeza, uno en cada sien. De estos clavos cuelga un peso: cinco o seis kilos de plomo que están suspendidos por detrás del cabezal de la cama y le mantienen la columna lo más estirada posible. Para contener la lesión. Para frenarla. Pero tú, tranquila, Clara. No te asustes. No le duele. Y yo que trago saliva, la boca seca y áspera como un estropajo, y le sigo.

La habitación era grande, con cuatro camas. La de Guim estaba al fondo a la izquierda, rodeada de gente y junto a la ventana. No recuerdo lo que se veía a través del cristal, solo la claridad tenue que entraba a través de ella y que pensé que aquello debía de ser como cuando te toca ventanilla en el autocar.

Chaval, mira quién ha venido a verte, le soltó Oriol en cuanto llegamos a la altura de la cama. Se me había pasado por la cabeza que tal vez no le reconocería. Que estaría hinchado. O desfigurado. Que con tanto aparato no parecería él. Pero cuando forzó el semblante para descubrir quién era yo, sin mover el cuerpo ni el cuello, sino únicamente los ojos, y me miró, yo solo supe ver a Guim. Sus ojos. Su nariz. Sus pecas. Sus labios perfectos. Su cabello, más claro de lo que yo recordaba. Sus patillas, esas patillas, tan largas como siempre. Sus orejas. El agujero del pendiente sin el pendiente. Aquel rincón entre el cuello y la clavícula. Sus brazos, desnudos, tendidos sobre la sábana blanca con el logotipo del hospital. Su torso, cubierto hasta la mitad con algo parecido a un corsé. Algo más pálido, quizás. Muy quieto.

Mirad, fijaos, dijo alguien entonces. Y todos, las seis o siete personas, amigos, conocidos que le rodeaban, se echaron a reír frente al monitor de las constantes. Se le había disparado el pulso.

4

Quiso contármelo todo. Cómo había ocurrido. El día en Sant Hilari, la siesta, la excavadora, el lío con los intermitentes, el accidente. Sin mirarme, con la vista fija en el techo, como quien desenrolla una madeja de lana. Hebra a hebra. Cuando Oriol y los demás hubieron salido de la habitación y nos dejaron solos, yo no había sabido saludarlo de otro modo que con un beso, solo uno y en la mejilla, a pesar de que lo que de verdad me pedía el cuerpo era lanzarme sobre él y abrazarlo. Decirle que para nada me habría importado ser yo. En lugar de eso solo me permití posar la mano sobre la suya. Guim tenía las manos pequeñas. Delgadas, frías y siempre con un ligero temblor que había heredado de su madre y que, sin embargo, ya no estaba. Su mano estaba inmóvil. Del todo. Inmóvil e indiferente al contacto con la mía. Medio cerrada como las del paciente de la escalera de emergencia.

—Traté de mantenerme en la carretera. Lo intenté, Clara, con todas mis fuerzas.

Pero la moto salió despedida y, antes de que él consiguiera controlarla, la calzada se le terminó.

—No pude evitarlo.

—¿Te dolió?

—Nada.

Tampoco llegó a perder el conocimiento. Se quedó un poco grogui, apoyado en el talud contra el que había chocado. Solo unos segundos. Hasta que los alaridos de Xènia lo devolvieron a la realidad.

—Estaba muy asustada. Gritaba. Me llamaba y decía que se le veía el hueso de la pierna. Quise incorporarme para ir a ayudarla, pero el cuerpo no me respondió.

Trató de levantarse una vez tras otra, sin éxito. Desesperado por lograr alguna respuesta, la que fuera, estuvo mucho rato mandando órdenes de manera indiscriminada a todos los músculos del cuerpo. Y fue en uno de aquellos intentos cuando se dio cuenta de que sí que podía levantar los brazos.

—Pero solo los brazos. Las manos, no. Las manos me colgaban de las muñecas, como muertas.

Balanceó los brazos para golpear el casco hasta que logró abrir la visera y se mordió un dedo. No sintió nada. Pensó que tal vez era por el guante, porque no se lo había quitado, y volvió a morder, esta vez más fuerte. Tampoco sintió nada. Lo probó con la otra mano. Y nada. Nada. Absolutamente nada.

—Entonces lo entendí. Que no podría levantarme. Por más que lo intentara.

Dejó de intentar moverse. Le dijo a Xènia que no podía levantarse, pero que estuviera tranquila, que llegarían enseguida. Alguien. Que alguien llegaría.

Diez minutos después, o veinte, o treinta, no lo recordaba, vieron regresar al conductor de la excavadora. Lo acompañaban un hombre y una mujer. A Guim se le antojaron gente sencilla, de la zona, quizás payeses. Dijeron que la ambulancia estaba en camino. Quisieron ponerlos cómodos. Moverlos. ¡Quitarles los cascos! Pero Guim les paró los pies a tiempo. Que si estaban locos, les dijo. Que si de verdad querían ayudarlos, que se quedasen quietos, de pie frente a ellos, y les hicieran sombra, que les ayudasen a sobrellevar aquel sol y aquel calor insoportables.

Después llegaron las ambulancias: dos, una para cada uno. A él, se le acercaron dos sanitarios que lo tumbaron sobre una especie de tabla plana. Le inmovilizaron el cuello. Le pusieron un collarín. Rajaron la chupa.

—La azul. ¿La recuerdas?

Por supuesto que me acordaba: de la chupa y de él con la chupa. Se la había regalado yo dos semanas antes de que él me dejara. Había invertido en ella todos mis ahorros y aquellos hombres, los sanitarios de la ambulancia, no habían tenido ningún reparo: con unas tijeras la habían cortado por la mitad.

Me dijo que les preguntó un montón de veces qué le pasaba. Era consciente de que se había hecho daño, mucho, pero ellos no se lo confirmaban. Ni lo desmentían. Le respondían con evasivas. Que ahora lo que debía hacer era estar tranquilo. Tranquilo y callado.

Lo primero que hicieron fue llevarlos a Vic, pero allí el caso de Guim los superaba y lo derivaron a Barcelona, al Vall d'Hebron. Cuando entró, por la misma puerta de Urgencias que tomé yo para acceder al edificio de Trauma, lo esperaba un comité de bienvenida. Estaban sus padres y también un grupo de médicos, enfermeros y personal sanitario en general. Empezaron a manosearlo. Todos al mismo tiempo. Él solo veía el techo. La luz blanca e intensa. El olor a alcohol y a yodo y a medicamento. Las sombras. Los cuerpos que se movían a su alrededor. Que lo toqueteaban. La cuchilla con la que le afeitaron las sienes. Las manos que empezaron a atornillar algo. Con fuerza. Con mucha, mucha fuerza.

—Oía un ruido. Un chirrido de esos que dan repelús. Como cuando algo metálico roza contra otra cosa. Cuando la perfora. —Con los ojos intentó señalar los clavos que le salían de la cabeza—. La cosa metálica eran estos hierros. Lo otro, mi cráneo.

Se calló. Yo me mordía los labios, con la mano aún sobre la suya, tan quieta. Y no pude evitar acariciarle el pelo. Él cerró los ojos, y yo, con la yema de los dedos, muy suave, esquivando aquellos dos hierros que se le hundían en la carne, le recorrí la frente. La coronilla. Las orejas.

—Me han dicho que podré tener hijos.

No entendí aquello de los hijos. A qué venía. Me sonaba muy lejano y me costaba creer que fuera algo que él pudiera valorar, pero, al parecer, por su tono, sí que le parecía importante.

—Me alegro.

Entró una enfermera y vino hacia nosotros. Me dijo que tenía que salir. Que iban a hacerle una cura a otros pacientes de la habitación. Yo le dije a Guim que me marchaba, pero que volvería. Le di un beso de despedida, esta vez en los labios, aunque breve, muy breve, muy clínico. Y me fui.

Anduve hasta la puerta, aquella puerta doble, metálica y verde, sin dirigir la mirada hacia los otros boxes y, una vez fuera, no me detuve a hablar con nadie. Me despedí de

Oriol desde lejos, con una seña que significaba que ya nos veíamos al día siguiente y al otro y todos los días que hiciera falta de aquel en adelante, pero que ahora me iba. Que necesitaba largarme de allí.

Me colé por la puerta de emergencia y bajé los tres pisos casi corriendo. Sin pensar. Sin procesar. Hasta que sentí el calor, el ruido y el humo del exterior como un bofetón en la cara.

Y entonces sí. Entonces me eché a llorar. Sin consuelo.

5

Lo operaron tres días después del accidente. Y aquella operación fue como las de las películas, una de esas en las que el paciente se juega mucho más de lo que imagina. La familia paseó angustiada por la sala de espera. El médico apareció tres o cuatro horas más tarde de lo previsto con la bata manchada de sangre. Mucha, muchísima sangre. En el accidente, Guim se había partido el cuello. A pesar de la poca velocidad a la que circulaba, la inercia había hecho que el golpe contra el talud fuera contundente. Primero había impactado el frontal de la moto; después, su cabeza. El casco había hecho bien su trabajo: había absorbido el golpe y había dejado el cráneo intacto. Sin embargo, la violencia del choque se había canalizado a través de la columna vertebral. Él lo recordaba como una sacudida que le había recorrido la espalda de arriba abajo. Después, nada. Ni dolor, ni incomodidad, ni sangre. Lo que había ocurrido, había ocurrido por dentro, sin ensuciar: la vértebra C6 se había desplazado y había seccionado la médula, y la C5, la que está justo encima, había explotado en mil pedazos.

La opción conservadora habría sido esperar. No operar, incluso. Podrían haberle dejado muchos más días el compás craneal, que era como se llamaban aquellos hierros. Permitir que siguieran estirando la columna, manteniéndola recta y evitando que la lesión avanzara mientras toda la zona se desinflamaba. Pero el cirujano no lo tenía claro. En las radiografías se veían perfectamente las partículas de la vértebra que había estallado y el doctor sabía que en cualquier momento uno de aquellos minúsculos trozos de hueso podía desplazarse, lastimar la médula y empeorar el pronóstico. También era consciente de que la diferencia entre una lesión C5 y una C6 es más que significativa. Lo suficiente para jugársela, operar y dedicarse a extraer, uno a uno, todos aquellos fragmentos durante seis largas, larguísimas horas.

Guim nunca ha olvidado el nombre de aquel cirujano, el doctor Casamitjana. Tampoco la obra de arte que hizo con su cuello.

6

El domingo 20 de abril de 1997, el personal de la planta de medulares del Vall d'Hebron le llevó a Guim, a la unidad de cuidados intensivos donde se recuperaba de la operación, una tarta a medio descongelar y una vela. Cumplía diecinueve. Un año antes, la madrugada del 20 de abril de 1996, habíamos celebrado juntos su decimoctavo cumpleaños. Apenas doce meses antes.

Guim había cumplido dieciocho unas semanas después de que lo hubiéramos dejado. Habíamos hablado mucho de lo que significaba cumplirlos. Básicamente lo había hecho él. Acabaríamos el bachillerato y nos iríamos del colegio, de la *cárcel*, como él lo llamaba. Dejarían de controlar todo lo que hiciéramos. Estudiaríamos lo que nos gustaba. Lo que nos interesaba. Trabajaríamos. Ganaríamos dinero. Él podría comprarse una moto. Una moto grande, de las de verdad. Desde que, cuando tenía catorce años, sus padres le habían comprado el primer ciclomotor, un Peugeot ST 50 que había tenido que compartir con Oriol y que solo tenían permiso para usar en Cadaqués, Guim había planificado al milímetro un futuro rodeado de motocicletas. Quería conducirlas, estudiarlas, dibujarlas, diseñarlas.

Les quería dedicar la vida. Una vida que arrancaba el día que cumplía los dieciocho.

Tal vez porque le apetecía compartir conmigo ese momento o quizás porque quería celebrarlo con un polvo fácil, me invitó a la fiesta. Yo, que aún tenía fresca la ruptura y que, cada vez que nos saludábamos de manera distante por los pasillos, sentía cómo el puñal que llevaba clavado se me hundía un poco más en las costillas, acepté.

Éramos un grupo bastante numeroso. La noche empezó en el Txistu, un bar de mala muerte de la calle Tallers donde solíamos emborracharnos con tequilas y rondas del duro. Después echamos a andar Rambla abajo entre risas y las clásicas discusiones sobre a dónde ir. Guim y yo salimos juntos del bar. A la altura de Bonsuccés, él me pasó el brazo por los hombros y al llegar al Liceo yo lo abracé por la cintura y metí la mano en el bolsillo trasero de sus vaqueros. En una parada del grupo, nos dimos un beso. Y luego otro. Y otro más. Nos olvidamos de todos, de la Rambla y de a dónde se suponía que íbamos. Estábamos muy bebidos. Yo lo estaba. La cabeza me daba vueltas y no lograba pensar; solo lo tocaba, lo abrazaba, lo besaba. Era consciente de que debíamos de estar dando el espectáculo, pero no me importaba.

Guim y yo no llegamos a entrar en ningún local. Terminamos en el barrio de Gracia, en el piso de la ex de Manel, que aquel fin de semana estaba sola en casa. Ellos también lo habían dejado, solo unos días antes que nosotros, y aquella noche también habían vuelto a enrollarse. Se quedaron con la cama grande, la de los padres. Nosotros, con la habitación de ella. Con movimientos torpes por culpa del alcohol, que ya empezaba a pesarnos, Guim y yo nos desnudamos y nos abrazamos, todavía de pie. Me puse de puntillas para darle un beso en el hueco que se le formaba entre el cuello y la clavícula. Desde allí, continué hacia el hombro y hundí la cabeza en su axila. Le respiré y reconocí los matices de su olor, el perfume suave y casi infantil de su piel mezclado con el del desodorante neutro que solía usar. También el matiz agrio del sudor de final del día. De final de fiesta.

Estábamos rodeados de osos de peluche, pósteres de actores y deportistas famosos, un escritorio con el libro de Historia del Arte abierto, una cama nido con una colcha de *patchwork* en tonos pastel. Nos tumbamos en el suelo. Él, debajo, sobre la alfombra. Yo, encima. Espera, me dijo, tengo un condón. Y yo, no hace falta: las pastillas, ¿te acuerdas? Aunque hacía ya un par de meses que las tomaba, él no debía de ser consciente. Me había dejado justo antes de que empezaran a sernos de utilidad.

Lo tenía. Lo tenía debajo. Entre las piernas. Dentro. Su rostro se recortaba contra la alfombra. Tenía los ojos cerrados. Sus manos me ceñían la cintura y acompañaban mis movimientos. Le hacía entrar y salir, casi salir, no salir del todo, volver adentro. Y entonces sentí cómo el nudo, un nudo de aire, de angustia, de ausencia, se me instalaba en el estómago y, desde allí, se expandía y me invadía. Él gemía, me agarraba con más fuerza, me clavaba los dedos, las uñas. A mí, las lágrimas me llenaron los ojos y empezaron a deslizarse, en silencio. Un silencio que mi voz rompió, mi voz que era mi voz sin serlo, que era la voz de otra Clara. Te quiero. Una vez. Dos. Tres. Te quiero, Guim. Como un mantra. Como una súplica. Te quiero. Hasta que él, sin mediar palabra, sin oírme o tal vez fingiendo que no me oía, se corrió dentro de mí sin condón por primera vez. Y última.

Cuando salimos a la calle ya había amanecido. Al terminar, no sabíamos qué hacíamos allí. Ni cómo cerrarlo. Nos habíamos vestido, nos habíamos despedido de los otros dos y nos habíamos quedado parados, los dos mirándonos, en aquella acera de la avenida General Mitre. Él ni siquiera se disculpó por no acompañarme a la estación. Los túneles de Vallvidrera están a la vuelta, me dijo. Estoy destrozado. No tiene sentido que me desvíe ahora hasta el centro. Me paró un taxi, eso sí que lo hizo, y se despidió con un beso reseco en los labios. Luego, mientras el taxista se detenía en el semáforo, dio media vuelta hacia donde había aparcado la moto y se puso el casco. En el codo llevaba otro, el que alguien le había prestado para mí. Le perdí de vista en cuanto el semáforo se puso en verde. Él aún no había arrancado. Se quedó allí, de espaldas a nosotros, a mí y al taxi que se perdía entre el tráfico.

El asiento era blando y viejo. A la tapicería, rota en algunos puntos, se le escapaba la espuma de dentro. Me dolía la cabeza. La apoyé en la ventanilla. El cristal estaba helado. Una parte de mí luchaba por creer que lo que había ocurrido aquella noche por fuerza debía de tener algún significado. Algún significado positivo. Pero sabía que no era así. En el fondo, sabía que tras aquella borrachera pasada de rosca y aquel polvo con sabor a rancio no había nada.

Guim me había dejado. Lo nuestro se había acabado. Igual que se habían terminado todas las cosas buenas y hermosas y eternas que me habían pasado. Igual que se acabarían también todas las demás cosas buenas y hermosas y eternas que estaban por llegar. Así era la vida. Aunque a mí no me gustase.

En el tren, tuve que esforzarme durante todo el trayecto para no dormirme. Los párpados me pesaban. Me quemaban. A mi alrededor había gente que madrugaba los sábados. Que madrugaba mucho. Gente duchada, con ropa limpia, con la mirada lúcida, la cabeza serena. Ya en Premià, me dirigí al paseo de la playa. Estaba desierto. Las olas estallaban contra las rocas del espigón y se fundían con la arena. El aire frío y salado de la mañana me llenaba las fosas nasales. Me horadaba los pulmones.

Llegué a casa. Crucé el portal. Mis pasos producían un eco que se extendía por el vacío de la escalera. Como si a cada escalón que yo subía, ellos desplazaran el aire. Giré la llave en la cerradura. El pasillo estaba oscuro. Las puertas de las habitaciones, la de mis padres, la de Sergi, entornadas. Me encerré en el baño. Me quité la ropa y la dejé caer al suelo. La pisoteé. Apestaba. A humo, a alcohol, a Guim.

Me metí en la ducha y me quedé embobada mirando el agua que me resbalaba por el cuerpo. Que desaparecía por el desagüe. Deseé que se lo tragara todo. Que arrastrase muy lejos aquella voz que era la mía sin serlo, la que me había delatado. Quería también que ahogara ese silencio de Guim que me retumbaba en el cerebro. Que lo hiciera callarse. Apagarse. Que lo hiciera desaparecer. Como si nunca hubiera existido.

Luego, con el cabello aún mojado y el cuerpo temblándome, me metí en la cama. Me tapé hasta arriba. Suspiré. Y, por fin, cerré los ojos.

7

Después de la operación, Guim no sentía ni podía mover ningún músculo por debajo de los hombros. Le dijeron que era porque la lesión había subido hasta el nivel de la vértebra C4, una por encima de la que había estallado, dos sobre la que se había luxado.

Ni Guim ni sus padres sabían aún qué ocurriría. Y, por lo que parecía, tampoco los médicos lo tenían claro. O al menos no se mojaban. Decían que, según las estadísticas, hasta seis meses después de la operación podía haber mejoría. Que tal vez volvería al punto inicial, el del día del accidente, cuando podía levantar los brazos. Que incluso podía recuperar algo más. O no. Que no se sabía. Que no se podía saber. Que había que esperar y observar la evolución.

Y Guim, tumbado boca arriba, con los brazos extendidos a sendos lados del cuerpo, inmóvil, esperaba. Él esperaba mientras los demás marcaban el ritmo del día con sus rutinas. Los turnos del personal de planta, las rondas de los médicos, la mujer que entraba una vez al día a la habitación para limpiarla, los fisioterapeutas, los psicólogos, los asistentes sociales, las comidas, los giros posturales, los de la asociación de apoyo a pacientes y familiares. Y las visitas.

Candela iba por las mañanas. Ferran, por las tardes. Oriol y Manel, el hermano y el mejor amigo, siempre que les era posible. Y el resto, colegas, familiares y conocidos, cuando queríamos. Después de clase o saltándonos alguna. Aprovechando que teníamos que hacer un encargo en Barcelona. Antes de encontrarnos con alguien por el centro para tomar algo o dar una vuelta o ir al cine. Cuando nos cuadraba y no nos fastidiaba ningún otro plan, nos dejábamos caer por allí. Bajábamos un rato a los infiernos. Una hora, dos como mucho. Luego, regresábamos al mundo. A la vida. Indemnes.

Guim, no. Guim se quedaba. Pensaba, imaginaba, dormía, soñaba. Observaba sus brazos. Les mandaba la orden de que se movieran. Esperaba.

8

Nos hicimos amigos en tercero de BUP. Y lo hicimos por pura casualidad: porque yo comencé el curso un mes más tarde y, cuando entré por primera vez al aula, el único pupitre que quedaba libre era el que estaba junto al suyo. Aunque aquel era nuestro tercer curso en la misma clase, no nos conocíamos demasiado. Debíamos de haber hablado un par de veces a lo sumo. En primero, Guim tenía un aspecto muy infantil. Era muy alto y delgado, tenía la cara cubierta de pecas y una sonrisa entre tímida y traviesa que recordaba mucho a la de los ratones de los dibujos animados. A pesar de que se relacionaba con los populares de la clase, él no destacaba. No era ni de los guapos ni de los feos, ni de los más divertidos ni de los aburridos, ni de los superrepelentes ni de los que lo suspendían todo. Era uno más. Uno de tantos. A finales de aquel curso, sin embargo, nos sorprendió a todos cuando empezó a salir con Olga. Ella no encajaba en aquel colegio privado y religioso: con sus rizos rubios, la ropa ajustadísima y cuerpo de bailarina, era demasiado mujer. Demasiado distinta. Y aquello era, precisamente, lo que a Guim le gustaba de ella.

En segundo le dio por ir de tío chungo. Se puso pendiente, se rapó el pelo, se dejó las patillas largas, se compró una *bomber* y se hizo colega de un par de repetidores. Se saltaba muchas clases y cuando se dignaba a aparecer se dedicaba a provocar y a lograr que lo expulsasen al pasillo. Sus rasgos se endurecieron y adoptó aquella manera de caminar que sería tan típica en él: a grandes zancadas, con las manos en los bolsillos y la mirada fija en algún punto inconcreto frente a él. Era un caminar muy rápido y al mismo tiempo tranquilo. Nunca corría. Sencillamente iba hacia delante, sereno, firme, un paso tras otro, sin detenerse. Sin dirigir una sola mirada a aquello, o a aquellos que pasábamos a su lado. Con los sentidos puestos, únicamente, en llegar a donde se dirigía.

En tercero, cuando me senté a su lado, se había relajado un poco. Había cambiado la *bomber* por una parka larga y ancha y volvía a parecer el niño tímido de primero, con la sonrisa de ratón bailándole entre los dientes.

Aquel verano yo había estado fuera más de un mes, de ruta por Latinoamérica con un grupo de chicos y chicas procedentes de todo el mundo, y había vuelto muy cambiada. Dice mi madre que parecía que se hubiera marchado una Clara y hubiera vuelto otra. Una que ya no se reconocía en la ropa que colgaba de su armario y que aterrizó de vuelta en el colegio sintiéndose una completa extraña.

No entendía nada. Nada de lo que decían los profesores de Química y de Matemáticas, por qué demonios había escogido aquellas asignaturas y qué se suponía que hacía con mis amigas de antes, con las cuales, por suerte, aquel curso no coincidía en ninguna clase. Me dedicaba a deambular por los pasillos y las aulas, concentrada en todo lo que echaba de menos del viaje: los compañeros, las diminutas tiendas de campaña que habíamos aprendido a montar y desmontar con pericia profesional, la comida, los conciertos improvisados, las lluvias torrenciales, los monitores que nos despertaban al alba, los tucanes, los ñandús, los caimanes, los mosquitos, los titiriteros que nos alegraban las horas muertas a golpe de tambor y de dulzaina, las puestas de sol e incluso los malos ratos con fiebre, escalofríos y diarrea a más de diez mil kilómetros de distancia de mamá.

Una de las primeras cosas que hice al volver del viaje fue cortarme el pelo. No lo planeé. Fue un impulso que tuve un viernes después de pasar la tarde con una amiga del pueblo tomando un granizado. Me iba ya para casa cuando pasé por delante de una peluquería de barrio que no conocía y me quedé atrapada mirando los carteles que tenían colgados en el escaparate. Entré. Una mujer me preguntó qué quería y yo, con vergüenza, señalé una de las fotografías. Salía una chica muy maquillada y con el cabello muy corto.

Nunca me había hecho nada en el pelo. Jamás. Cada seis o siete meses iba a que me repasaran las puntas. Eso era todo. Ni siquiera permitía que me lo secaran con secador. Nunca había llevado flequillo, ni la melena más corta de media espalda. La tenía lisa, muy lisa, y no tenía ni idea de si el corte que me había gustado era factible.

Fue genial. Me pasé el rato mirando de manera alternativa mi reflejo en el espejo y el suelo que, lentamente, se convirtió en una alfombra de lo que hasta entonces había sido yo. Sentí la espalda y los hombros libres y vi cómo me cambiaba la expresión del rostro a medida que aquel flequillo nuevo la enmarcaba. Cuando me marché, la peluquera y dos mujeres con rulos que esperaban a que les subiera el moldeado estaban entusiasmadas. Solo les faltó aplaudirme. Y yo me fui para casa más contenta que unas pascuas y saboreando el malestar que lo que había hecho iba a provocar. A mi madre casi le da un síncope. Estabas tan guapa con el pelo largo, me dijo. Mucho más guapa. Este peinado te hace la cara muy redonda. Se te ven más las pecas. Aunque puede que sí que tengas buen aspecto, terminó por reconocer. ¡Has vuelto tan delgada! Yo estaba encantada. Encantada cuando me miraba al espejo y encantada cuando caminaba entre clases por los pasillos y sentía las miradas sobre mí. En general todo el mundo me dijo que estaba guapa, pero yo sabía que era una reacción automática, y a muchas chicas, entre ellas a mis amigas, se les escapaba un deje lloroso por la pérdida de mi melena preciosa, perfecta y tan de anuncio de champú. Yo no podía evitar alborotarme el pelo y frotarme el cuello mientras reía entre dientes y me iba sola hacia mi aula: hacia mi pupitre, hacia las cartas que escribía a todas horas a los amigos que se me habían quedado repartidos por el mundo tras el viaje, hacia las novelas que leía a escondidas y guardaba en el cajón, y hacia Guim, ese chico que conocía desde primero y ahora se sentaba a mi lado.

Guim que, mientras yo leía o escribía, dibujaba motos en su libreta, en los márgenes de los libros y sobre el pupitre y que, a pesar de la mirada atenta de los profesores, hallaba el modo de contarme cosas y de hacerme reír.

Guim que, meses más tarde, cuando empezáramos a salir, me diría que ya me había notado distinta cuando volví del viaje, simpática e incluso guapa, pero que cuando realmente empezó a fijarse en mí había sido cuando me había cortado el pelo.

9

Cada tres horas pasaba por la habitación una pareja de auxiliares a girarle. Para que no se le hiciesen llagas. Lo anclaban con un par de almohadas y se iban. Algunas veces lo dejaban tumbado hacia un lado, a veces hacia arriba, otras hacia el otro lado.

Cuando lo encaraban hacia la ventana, cuyos cristales siempre estaban sucios, percibía la claridad exterior y algunas formas desdibujadas. Cuando lo giraban hacia el pasillo, si la cortina estaba descorrida, veía la cama del paciente de al lado, las almohadas que lo anclaban también a él si estaba encamado, el acompañante que mataba las horas en la pequeña butaca. Cuando lo dejaban plano solamente podía mirar hacia arriba.

El techo estaba hecho a base de placas de yeso. Eran de un color blanco roto y tenían un sutil relieve que, sin embargo, no lograba disimular las manchas y las huellas que habían ido dejando los operarios que las habían reparado a lo largo del tiempo. Una de las placas, la que estaba justo encima de su cabeza, estaba rota. Tenía un agujero en una de las esquinas, como si alguien le hubiera dado un mordisco, y por allí sobresalía un pedazo de aislante amarillento.

Cuenta que contempló mucho aquella placa rota. Durante muchas horas. Y que, en un momento dado, por el ángulo desde donde la observaba, por efecto de la luz, por el tiempo que llevaba mirándola, por lo que fuera, su cerebro convirtió aquella forma en una cara. Una cara arrugada con una frente pronunciada que se curvaba hacia atrás, dos ojos pequeños con párpados y ojeras muy marcados, grandes orejas casi puntiagudas y cuatro pelos despeinados en los laterales. Inmóvil en la cama, esperando a ver hacia dónde evolucionaría su lesión, a Guim algunas veces aquella cara se le antojaba la de Jordi Pujol. Otras, la de Yoda, el personaje de *La guerra de las galaxias*. Y cada tanto la forma se desdibujaba y él volvía a distinguir el aislante amarillento, el yeso plagado de huellas y la esquina rota. La placa de falso techo. Solamente la placa.

10

En el verano de tercero de BUP a COU, cuando a finales de agosto mi familia y yo volvimos de las vacaciones en el pueblo, en el buzón había una carta para mí. Era una carta de Guim. A pesar de que nos llevábamos bien, nuestra relación se limitaba a las horas de clase. Una vez fuera, ya en el pasillo, o en el patio, o incluso cuando íbamos de excursión, él no me hacía ningún caso. Una sola vez salimos a tomar algo y había sido por casualidad, porque ambos teníamos una hora muerta. Aquella vez, él estuvo todo el tiempo criticando a su ex. Que si se había enrollado con uno de sus mejores amigos. Que si durante dos meses había estado jugando con ambos. Que si era una malcriada que ni siquiera tenía claro lo que quería. Y sí, las cuatro o cinco veces que me había llamado por teléfono, siempre para consultarme algo sobre los deberes o la materia que entraba en un examen, había alargado la conversación. Pero de eso a una carta... A aquella carta...

Ey, ¿qué pasa, Clara?, empezaba. ¿Qué tal el verano? La había escrito sobre un papel decorado de los que llevan el sobre a juego. En el dibujo aparecía una isla tropical con palmeras, mar, sol y pájaros de colores vivos y alas enormes. La hoja tenía líneas marcadas y Guim se había esforzado por seguir su trazado y escribir recto. Tenía una de las letras más extrañas que he visto: diminuta y enmarañada. Yo estoy en Cadaqués, proseguía. Un colega me pasó un curro en una tienda de suvenires y así me saco algo de pasta. Sin embargo, y aquí venía el *quid* de la cuestión, lo que de verdad me gustaría es estar en esta isla contigo. Del texto salía una flecha hacia la ilustración del margen superior del folio y allí, sobre la isla, había dibujado dos muñequitos y cuatro garabatos con nuestros nombres: Guim y Clara.

No supe qué contestarle. Él me pedía que le respondiera, pero si lo hacía la carta le llegaría demasiado tarde, con el curso ya empezado. Tampoco me animé a llamarlo. Cuatro días más tarde tuve que ir a Barcelona con Sergi a comprar los libros y el material para las clases y lo vi. Fue desde lejos. Yo estaba en la acera de enfrente esperando a Sergi, que se había acercado al quiosco a comprar unos chicles. Guim ni siquiera se dio cuenta. Apareció por la otra calle con Manel, los dos como si fueran uno solo, una versión adolescente de Zipi y Zape, el uno moreno, el otro tan rubio, ambos altos y delgados, Guim algo más, los dos con la nariz afilada, las manos metidas en los bolsillos, el rostro serio, la vista fija adelante y las piernas interminables. Manel con unas gafas metálicas y un estilo algo más formal. Guim con los pantalones rasgados por el interior de los bajos y las Martens negras, con las patillas largas y, me dio la sensación, con un nuevo peinado. No tan corto. Y guapo. Estaba guapísimo.

Fue entonces cuando fui consciente de todo. De que, si le veía, si nos encontrábamos, entre ambos podía suceder algo. En lugar de llamarlo y quedar, que habría sido lo más sencillo, organicé un encuentro con varios compañeros de clase. Él incluido, por supuesto. Terminamos en un cine con otras dos chicas. La película era mala de solemnidad, pero él y yo salimos de la sala cogidos de la mano.

Habíamos quedado, después del cine, con Manel y más gente en la plaza Real. De camino, Guim se detuvo frente a una motocicleta aparcada en una acera de paseo de Gracia.

—Es una Impala —me dijo.

A pesar de que yo no entendía nada de motos, me pareció bonita. Con su manillar despejado, la carrocería escasa y roja y el asiento de cuero negro que se alargaba hacia atrás, tenía un aire clásico.

—Esta será mi moto. —Y, mientras señalaba la parte trasera del asiento, añadió—: Y aquí es donde irás tú.

11

Cuando ya hacía varios días que lo habían cambiado de habitación, Guim le pidió a su padre que le llevara caramelos de tofe. Eran sus favoritos. La nueva habitación era más grande, para seis pacientes. La mayoría de ellos acabarían derivados a otros centros o les darían pronto el alta. Otros, como él, tenían aún por delante varios meses de recuperación allí, en el Vall d'Hebron, y serían trasladados a habitaciones más pequeñas y tranquilas, con algo más de intimidad.

Dice Guim que fue en aquella habitación grande, la de seis, donde empezó a flexionar los codos. Que lo consiguió primero con el izquierdo y después con el derecho. Que lo que lograba era doblarlos muy lentamente hacia la barbilla, pero que después el brazo se le quedaba doblado sobre el pecho, como muerto, y que necesitaba que alguien se lo estirase de nuevo.

Su padre llegaba con los caramelos sobre las cuatro de la tarde. No se trataba de burdas imitaciones de café con leche o chocolate, sino de *toffees* auténticos en paquetes de diez. Guim, sin camiseta porque hacía un calor insoportable, le pedía a su padre que le colocara un caramelo en el hoyuelo que se le formaba al final de las costillas. Entonces, doblaba el codo y acercaba las manos flácidas al tofe para intentar agarrarlo. Empujarlo. Arrastrarlo. Moverlo de la manera que fuera por encima de su piel pálida y escuálida. Y lo conseguía: milímetro a milímetro lo hacía avanzar por encima de su esternón hasta que llegaba a la barbilla. El obstáculo insalvable.

Después de cada tentativa, el padre de Guim le colocaba el caramelo otra vez en el hoyuelo de las costillas. Él volvía a intentar arrastrarlo y una vez tras otra chocaba con la barbilla. Al cabo de un buen rato, agotado, se daba un respiro y le pedía a Ferran que le pusiera el tofe en los labios. Cerraba los ojos. Se concentraba en el sabor dulce que le inundaba la boca y descansaba. Un ratito. Antes de volver al ataque.

12

Guim se había pasado un curso entero enamorándose de mí y cuando empezamos a salir juntos quiso materializar en apenas unas semanas todo lo que había proyectado. Yo, que me acababa de caer del guindo, lo viví como si un huracán me hubiera arrastrado a otra dimensión. Sin ninguna posibilidad de oponerme. Directa al mundo de Oz quisieras o no.

—¿Has visto *Ghost*? —me soltó una noche, cuando hacía solo una semana que estábamos juntos.

Habíamos salido de fiesta con la gente del colegio. Nos habíamos emborrachado en el Txistu, nos habíamos arrastrado Rambla abajo hasta la calle Escudellers y, justo antes de entrar al New York, nos habíamos escondido en una callejuela. Allí, sentados en los peldaños de un zaguán sucio y desierto, él se había emperrado en darme cien besos. Los había contado en voz alta y un vecino nos había tirado un cubo de agua desde un balcón. Empapados y sin poder contener la risa, nos habíamos escapado corriendo hacia la plaza Real.

—Sí, sí que he visto *Ghost* —le contesté.

—Pues *ídem* —replicó él.

Me quería. Eso significaba *ídem* en la película. Guim me quería. Y me lo decía. Y yo alucinaba.

A mí él me gustaba, me gustaba mucho, cada vez más, y me halagaba su entusiasmo. Hacía que me sintiera como la protagonista de una peli romántica o de una vieja canción de Serrat. Incluso estaba encantada dejándome arrastrar por todo aquel frenesí. Pero yo entonces no le quería. Aún no.

13

Dice su madre que antes del accidente Guim tenía la habilidad de sacar a Ferran, su padre, de sus casillas. Él mismo reconoce que fue un adolescente complicado: impertinente y muy insistente. Que conseguía lo que quería por pesado y que por el camino hartaba a un santo.

A raíz del accidente, padre e hijo empezaron a hablar mucho más. Siempre tenían cosas que comentar. Guim le mostraba en qué lugares de las piernas había empezado a recuperar algo de sensibilidad o los milímetros que había conseguido avanzar moviendo los brazos. Su padre le contaba que un chico que también tenía una lesión incompleta había logrado volver a andar. Charlaban. Criticaban al entrenador del Barça. Practicaban con los tofes. Luchaban por superar la barbilla. Ferran salía a pasear por el pasillo. Guim contemplaba el techo.

Para el personal de enfermería, Guim y sus padres eran el paciente y los familiares ideales. Nunca decían una palabra más alta que otra ni perdían la compostura o los nervios. Incluso cuando enviaron la carta a la dirección del hospital para quejarse por las condiciones de la unidad de medulares (la escasa intimidad de las habitaciones; las duchas en el otro extremo de la planta; el calor, sobre todo aquel calor insufrible), lo hicieron con un tono educado, cordial, correctísimo.

Sin embargo, cada noche, cuando el vigilante de seguridad asomaba la cabeza para anunciar que los familiares debían marcharse, el padre de Guim hacía caso omiso de la indicación. Mientras que los demás acompañantes recogían, daban besos y abrazos de despedida, se ponían las chaquetas, se colgaban los bolsos y se perdían por el pasillo hasta el día siguiente, Ferran mantenía su pose tranquila y aparentemente despistada y los ignoraba. Hasta que una noche el hermano de otro paciente se hartó y dijo que él tampoco se iba.

Ferran se quedó mirándolo en silencio, como si aquello no fuera con él. No tenía ninguna intención de moverse. Él pensaba quedarse hasta las diez y media, tal como hacía cada día. Por si Guim le pedía un vaso de agua o que lo arropase con la colcha o que le rascase la oreja. Para hacerle compañía. Para estar. Y no iba a darle ninguna explicación a nadie.

El ambiente de la habitación se tensó y un cuchicheo la recorrió. Pero, antes de que la cosa se saliese de madre, otro paciente la detuvo en seco.

Dice Guim que el tipo que lo zanjó era un parapléjico de unos cincuenta años, alcohólico y muy antipático. Uno que trataba mal a todo el mundo, incluidos su mujer, sus hijos, las enfermeras y los auxiliares. Que no soportaba a nadie y a quien nadie soportaba. Pero que aquella noche les cerró a todos la boca.

Les dijo que se dejaran de gilipolleces y que hicieran el favor de ir tirando para casa, que ya era hora. Y a Ferran, que no se preocupara. Que se quedase. Porque su hijo era, con diferencia, el que estaba peor de todos.

14

No sabría decir cuántas veces fui al hospital durante los primeros meses después del accidente. Un par por semana. Tal vez más. La verdad es que tampoco recuerdo con detalle aquellas visitas, aunque sí la rutina. Que entrábamos por turnos en la habitación a lo largo de toda la tarde. Que solía estar llena de familiares, de amigos y de visitas de uno u otro paciente. Que matábamos el rato y las esperas charlando y fumando en la escalera de emergencia, en el lugar exacto en el que me había encontrado con Oriol el primer día.

Yo había empezado a fumar el verano anterior. Como tantas otras cosas que había empezado a hacer después de que Guim me dejara. Somos demasiado jóvenes, me había dicho. Te quiero. Eres la mujer perfecta. Imagínate que incluso me casaría contigo. Pero no ahora. Nos hemos conocido demasiado pronto. Ahora lo que tenemos que hacer es vivir. Vivir y hacer cosas.

Empezar la universidad. Él: Diseño. Yo: Historia del Arte. Conocer gente nueva. Salir de fiesta. Él: estrenar una moto grande, que no sería una Impala, sino una Yamaha Diversion de seiscientos centímetros cúbicos. Fumar tabaco, marihuana, hachís. Estudiar lo que nos gustaba y no las chorradas del colegio. Ir a conciertos, al cine. Ligar. Probar «otras cosas». Conocer a alguien y volver a sentir el hormigueo en el estómago. Yo: leer, cada vez más. Follar, follar mucho, cuando quisiéramos y con quien quisiéramos. Divertirnos. Viajar. Conocer sitios nuevos, otras culturas, otras costumbres. Vivir.

Antes de terminar el primer curso de la universidad, él: tener un accidente con la moto y quedarse tetrapléjico. Yo: visitarlo en el hospital sin confesarme nunca por qué lo hacía. Sin atreverme a preguntar qué decían los médicos, qué pasaría, si se curaría. Sin querer molestar. Sin meterme en lo que no me incumbía. Consciente de que yo ya no era nada de él. Solo Clara. Fuera lo que fuera eso.

15

A base de paquetes de tofes y de intentos fallidos, un día Guim consiguió superar el obstáculo de la barbilla y tocarse la cara. Pasarse los laterales de las manos, las muñecas dobladas e incluso los antebrazos por los ojos, por la nariz, por la frente y por las mejillas, por el pelo, por las orejas... Ahora ya no tendría que soportar más cómo una molestia incipiente se convertía en un picor insoportable. Tampoco debería esperar con paciencia de santo a que alguien pasara cerca de él, se apiadara de su sufrimiento y lo ayudara a rascarse. Y sí, con aquellos dedos inertes y sin apenas fuerza lo que lograba era poco más que una torpe caricia. Pero podía hacerlo solo. Sin depender de nadie. Cuando le picara, o cuando le viniera en gana, podría rascarse. Así de simple era.

16

A mediados de mayo fui una vez al Vall d'Hebron más temprano de lo que acostumbraba y me crucé con Xènia. Lo único que sabía de aquella chica era que tenía dos hermanas y que las Boldú tenían fama de guapas. Tras el accidente había buscado su foto en el anuario del colegio y la había estado contemplando con una mezcla de celos y de curiosidad. No nos parecíamos en absoluto. Ella era bastante más alta que yo. Y morena. Tenía un rostro bonito, con la piel lisa y sin manchas, como una muñeca, y la boca con forma de corazón. En la foto, una foto de grupo, de la clase completa, no sonreía. Tampoco estaba seria. Tenía aquella mirada altiva, como si estuviera contemplando el mundo desde arriba, con suficiencia.

Debían de ser las cuatro de la tarde cuando la vi. Estábamos en aquella época del año en que por la mañana hace frío; a mediodía, mucho calor, y al atardecer, frío otra vez. Yo, que salía muy temprano de casa abrigada para ir a la Autónoma en tren, me pasaba el día atando a la correa de la bandolera las chaquetas y las camisetas de las que me iba desprendiendo. Escuchaba música con unos auriculares hechos polvo que sobresalían del bolso y andaba de aquí para allá cargando carpetas, dosieres y libros de la biblioteca, con un pitillo entre los dedos y, de subida al hospital desde la parada del metro, con un manojo de nervios alojado en la boca del estómago.

Supongo que la reconocí tan rápido por las muletas. Estaba sola, de pie en la rotonda frente al edificio de Trauma. Me pareció todavía más esbelta que en la foto del anuario. Llevaba el pelo suelto sobre los hombros y un vestido claro con un estampado de florecillas que le cubría hasta las rodillas y le dejaba al descubierto el yeso de la pierna izquierda. No pude evitar proyectarme a mí misma en su situación y la estampa que visualicé se me antojó lamentable. Ella, en cambio, era la viva imagen de la dignidad sobre la pata tiesa, con manos y codos apoyados en las muletas y la misma mirada orgullosa de la fotografía del anuario.

Antes de que la alcanzara, un coche pequeño se detuvo ante ella. La puerta del conductor se abrió y se apeó una mujer que se le parecía muchísimo. Era algo más bajita y no estaba tan delgada, pero tenía los mismos cabellos e incluso vestía igual. Esgrimía también aquel ademán, el gesto, fue entonces cuando me di cuenta, de una mujer guapa que es consciente de que lo es. Le sostuvo las muletas y la ayudó a sentarse en el asiento del copiloto. Segundos más tarde el coche arrancó y se perdió por el otro lado del hospital, por la cuesta que lleva hasta el edificio principal, hacia la salida, hacia el tráfico de la calzada lateral de la Ronda.

—Me parece que he visto a Xènia —le comenté a Guim.

Habían vuelto a cambiarlo de habitación: ahora estaba en una más pequeña, solamente para tres pacientes. Él continuaba teniendo la cama junto a la ventana.

—Acaba de irse.

Estábamos solos, él y yo, en la habitación. No había ningún otro paciente, ningún acompañante o familiar. Era temprano y hacía mucho calor. Él iba sin camiseta y la sábana le cubría hasta el pecho.

—No sabía que le habían dado el alta.

—Hace un par de días. ¿Ella te ha visto?

—Creo que no.

Guim me miró a los ojos con una media sonrisa.

—Te odia.

Desvié la mirada. Nunca se me habría ocurrido que alguien pudiera odiarme. Que pudiera tenerme envidia. Ni tan siquiera que pudiera estar pendiente de mí. Y todavía menos alguien como Xènia Boldú.

—Lo hemos dejado —añadió él pasados unos segundos.

Me volví de nuevo hacia él. Ya no sonreía. Contemplaba el techo. A mí se me había acelerado el corazón. Sentía cómo me palpitaba en el estómago, mezclado con el manojo de nervios habitual.

—Hacía ya varios días que deberíamos haberlo hecho, pero solo habíamos podido hablar un par de veces. Y por teléfono, claro.

En aquel momento no supe entender lo que sus palabras significaban. Que él y Xènia no habían podido verse desde el día del accidente, hacía ya más de un mes. Que para comunicarse con ella siempre había necesitado que alguien, sus padres, Oriol o tal vez Manel, le sostuviera el teléfono y se quedase allí disimulando, como un invitado de piedra que fingiera que no estaba escuchando la conversación. Pero no. Yo no lo comprendí. Estaba demasiado obcecada ocultando mi alegría. Una alegría que tan solo duró un instante.

—Yo es que paso, ¿sabes? Ahora me tengo que centrar en recuperarme. No tengo tiempo para tonterías.

17

Cuando empezaron a incorporarlo en la cama, ya había adquirido la suficiente fuerza y habilidad para doblar el brazo hacia arriba. Las manos, en cambio, le colgaban de las muñecas como si estuvieran muertas, igual que el día del accidente. Con el tiempo, los músculos de sus dedos terminarían por doblarse hacia dentro y las manos quedarían siempre medio cerradas. Sin embargo, al principio, las primeras semanas, la mano permanecía abierta y los dedos colgaban hacia abajo, largos, delgados y tiesos.

A su padre aquella imagen le angustiaba sobremanera y le pedía que levantara la mano. Al menos un poco. Era un movimiento tan nimio. Tan sencillo. Y, sin embargo, Guim era incapaz de hacerlo.

Todos los que hablaban con ellos les decían que la clave eran los radiales. Tener radiales. Por lo que contaban, los radiales son los músculos que permiten doblar la muñeca hacia arriba. Y Guim, a pesar de que no comprendía el motivo por el que aquellos músculos eran tan importantes, se concentraba en hacerlos reaccionar. Contemplaba sus muñecas y les ordenaba que se doblasen. Esperaba. Lo volvía a intentar. Los radiales. Tenía que despertar a los radiales.

18

Mi padre nos anunció a principios de junio que nos mudaríamos a Valencia. Cada vez que nos reunía a todos alrededor de una mesa para comunicarnos algo importante, nosotros nos echábamos a temblar. Más todavía si la noticia estaba relacionada con su trabajo.

Siempre imaginé de esta guisa a los mandamases de la multinacional para la que trabajaba mi padre: hombres, vestidos con traje, americana y corbata incluidas, por supuesto, y reunidos alrededor de un inmenso mapa plagado de fichas de colores. A este, que lleva ya tres años tan feliz en Galicia, vamos a mandarle a Zaragoza. Este otro hace mucho que está estancado en Tarragona, enviémosle a Sevilla. Mi padre, y nosotros de rebote, éramos una de esas fichas. Algunos traslados los había sufrido él solo, como cuando fue a Madrid y estuvo un par de años yendo y viniendo; otros, como el de Reus o el de Girona, todos. Ahora, tras casi tres años sin movernos, deberíamos haber previsto que nos iba a tocar de nuevo.

Mi padre se instaló en Valencia enseguida, antes de final de mes. Mi madre y Sergi terminarían el curso escolar y se irían también para allá. Yo fui la que salió mejor parada aquella vez: tendría que ir por vacaciones y los fines de semana, pero me dejaban quedarme y terminar la carrera en Barcelona. Yo. Sola.

19

Pasaron los días y también las semanas y los radiales finalmente despertaron. Un buen día, Guim pudo materializar aquel gesto nimio y a la vez crucial. La inflamación de la médula había remitido y la intervención del doctor Casamitjana había resultado providencial: Guim había recuperado la médula a nivel C4, la vértebra que había quedado afectada por la operación, y también C5, la que había explotado en el accidente. La lesión había reculado, por lo tanto, hasta la altura de la C6, punto en que la médula se había seccionado. Y, así las cosas, cada vez que los enfermeros y auxiliares de la planta pasaban cerca de la cama de aquel tetra tan joven y con un pronóstico tan desfavorable, se les iluminaba el rostro al verle doblar la muñeca hacia arriba.

20

Para ir a la Autónoma tenía que hacer trasbordo en Barcelona. Lo más efectivo era hacerlo en la estación de Arco de Triunfo. El problema allí era llegar hasta la otra vía, previa subida de unas terribles escaleras desde el andén 2 y luego idéntico descenso hasta el andén 1, en solo un par de minutos. Si no lo lograba, tenía que esperar más de media hora en aquel subterráneo por el que no corría ni una brizna de aire y donde, incluso en invierno, te asfixiabas de calor. Por esa razón, lo más habitual era que me acercara hasta la estación de Plaza de Cataluña a esperar el siguiente tren. Algunas veces, cuando me daba cuenta de que no llegaría a tiempo a la primera clase de la mañana o que no me apetecía hacerlo, salía a la calle a dar una vuelta. Me gustaba acercarme a las librerías de viejo de la calle Canuda o de la plaza Castilla y tomarme un café en cualquier bar. Perderme. Vagar. Una de esas mañanas terminé subiendo al metro en dirección al Vall d'Hebron.

Era la primera vez que iba a ver a Guim por la mañana y ni siquiera sabía a qué hora comenzaba el horario de visitas. Cuando llegué, poco antes de las once y media, frente al control de enfermería se arremolinaban unas quince personas. Me acerqué y vi que todas eran mujeres: algunas más mayores, otras más jóvenes, delgadas, gordas, morenas, rubias, todas distintas, todas mujeres. La mayoría iban cargadas con bolsas y muchas llevaban un par de zapatillas o unos zuecos en una mano. Apenas hablaban entre ellas y, si lo hacían, era en voz baja. Casi en primera fila, distinguí a Candela, la madre de Guim.

Podría haber cruzado entre la gente para saludarla o haber alzado la voz por encima del murmullo. Pero no me atreví. No quería hacerme notar. No quería que nadie se percatara de aquella mañana en la tercera planta del edificio de Trauma se había colado una extraña. Una que no era ni madre, ni esposa, ni hermana, ni abuela, ni hija de nadie.

A Candela la conocí cuando Guim y yo salíamos juntos e íbamos a su casa los viernes. Solíamos coger el tren a media mañana, sobre las doce, después del recreo. Yo nunca me hubiera atrevido a saltarme clases sola, pero él lo planteaba con tanta seguridad que a mí no me cabían dudas. Aprendí pronto que hacer novillos era extremadamente fácil.

Los padres de Guim trabajaban y su hermano estaba en el colegio, así que, cuando llegábamos, teníamos la casa para nosotros. Comíamos temprano. En la cocina, con la radio de fondo, Guim preparaba platos sencillos que a mí me parecían increíbles. Después nos tomábamos un café, limpiábamos, ordenábamos y nos encerrábamos en su habitación. El ruido fuera, en el pasillo, empezaba a partir de las cinco de la tarde. Era Candela, que volvía de trabajar. Yo me inquietaba, ¿y si entra?, pero Guim me tranquilizaba, no lo hará; dice que nuestra habitación es solo nuestra y riñe a mi padre cuando entra sin llamar. Tenía razón: nunca entró, ni llamando, ni sin llamar. Y cuando nosotros salíamos, despeinados y con la ropa revuelta, no preguntaba ni comentaba nada. Solo nos saludaba, divertida. La mañana que fui al Vall d'Hebron, seguí a Candela desde una distancia prudencial hasta que se detuvo frente a una puerta que no me sonaba. Dejó la bolsa en el suelo y se cambió los zapatos por unos zuecos. Tomó una bata verde y un gorro de una mesita y se los puso. Luego, se frotó bien las manos con gel desinfectante y se calzó unos guantes y una mascarilla. Yo no me acerqué hasta que ella hubo entrado en la habitación. Debajo del número de cama habían colgado un cartel casero impreso en un DIN A4 blanco: PACIENTE AISLADO.

Repetí, uno tras otro, los pasos que Candela había dado. Lo hice despacio, tratando de no llamar la atención en el pasillo por mi lentitud, pero dándole tiempo a ella a situarse, a saludar a su hijo, a colocar sus cosas, a ponerse cómoda. Desinfectante, guantes, gorro, bata, mascarilla. Cuando finalmente entré, parecía como si ella llevara horas allí sentada. Estaba absorta en una labor de ganchillo muy parecida a las que toda la vida había visto hacer a mi abuela. A su lado, en la cama, Guim dormía.

Candela levantó la cabeza y me saludó como si el hecho de que estuviera allí un día laborable a media mañana fuera la cosa más normal del mundo. Tiene un hongo en la boca y en la garganta, me contó, en voz baja para no despertarlo. Es muy habitual aquí en el hospital. Infecciones oportunistas, las llaman. Bichos, hongos, bacterias, virus que se aprovechan de sistemas inmunitarios debilitados como el suyo.

Estuvimos cinco, tal vez diez minutos en silencio, hasta que ella me cedió la silla y se fue a tomar algo al bar. Yo saqué un libro del bolso, lo dejé abierto sobre mis rodillas y me quedé embobada contemplando a Guim.

Aparte de las siestas de los viernes, podía contar con los dedos de la mano las noches que habíamos dormido juntos cuando salíamos. Yo solía besarlo en el cuello, allí donde ahora lucía una cicatriz de unos quince centímetros de largo. Era donde le habían abierto para operarle. El punto exacto en que se había partido la columna.

Levanté la mirada. La habitación no era grande. Detrás de mí había otra cama, sin sábanas. No parecía que tuviera dueño. A pocos centímetros de mi rodilla, colgada de la barrera de la cama de Guim, había una bolsa de orina. Sobre una mesa con ruedas, los restos del desayuno. En la mesilla de noche, una botella de agua grande, de litro, con un tubo gordo y flexible a modo de cañita para beber, un paquete de caramelos y una radio pequeña, un transistor de los de toda la vida, a pilas y con antena, idéntico al que mi abuelo llevaba siempre encima.

De pronto, me di cuenta de que estaba despierto: había abierto los ojos y miraba el techo. Hola, le dije despacio, sin alzar demasiado el tono de voz. Él tragó saliva con expresión de dolor. ¿Cómo te encuentras? Tenía los labios agrietados y blanquecinos. Ya ves, me respondió con voz ronca. Tu madre ha salido un momento. Él asintió con la cabeza y volvió a cerrar los ojos.

La penumbra de la habitación, con las persianas a medio bajar y solo una pequeña lámpara de lectura que me iluminaba a mí, me transportaba a la clase que me había perdido esa mañana. Arte del Renacimiento II. Una hora y media de diapositivas de santos, madonas, ángeles y mártires en pan de oro y azul lapislázuli que, en aquella aula inmensa, semivacía y medio a oscuras, nos sumía a todos en un estado de somnolencia hondo y espeso como el que me empezó a invadir a mí allí sentada, en la butaca del hospital.

Me desperté sobresaltada. La madre de Guim estaba sentada al otro lado de la cama, en una silla de plástico. Trabajaba en su labor. Él continuaba durmiendo. En un par de ocasiones, abrió los ojos, buscó a su madre con la mirada, le pidió agua, volvió a cerrarlos. A mí el libro y los párpados me continuaban pesando.

Diez minutos antes de la una decidí marcharme. Recogí mis cosas, me acerqué a Candela para despedirme con un par de besos y le lancé a Guim una última mirada. Dile adiós de mi parte, le pedí a su madre casi sin palabras, y salí de la habitación. Aún no se había cerrado la puerta cuando los oí hablar. Me quité la bata, el gorro, los guantes, la mascarilla. Lo tiré todo en un cubo de basura y bajé por las escaleras saltando los peldaños de dos en dos.

Lentamente, a medida que me alejaba del Vall d'Hebron, la inquietud en la boca del estómago fue disipándose y dejando espacio a un inmenso vacío de hambre.

Cuando llegase a la uni, cruzaría el campus por el Instituto Universitario de Estudios Europeos. Entraría directa al bar de Letras por la parte de atrás y me pillaría un bocadillo de beicon con queso. Me encantaban. Los hacía un camarero grande y gordo en una barra semicircular que habilitaban solo a mediodía. Me abriría paso entre la gente, me pondría de puntillas y me inclinaría hacia delante para pedir. Con placer, observaría cómo el hombre limpiaba la plancha con una espátula y después tomaba, una a una, con unas pinzas, las tiras de beicon. Las repartiría sobre la parrilla. Les colocaría encima una loncha de queso cortada a la medida exacta, esperaría a que se fundiera un poco, las taparía con sendas lonchas de beicon ya fritas y lo sellaría todo dentro de media barra de pan previamente untada con tomate. Yo me relamería. De camino a la entrada principal de la facultad, me cruzaría con algunos conocidos. Los saludaría. Pasaría de largo.

Lo más probable era que frente al quiosco ya estuvieran todos. El grupo al completo desperdigado alrededor del árbol. Algunos aún estarían comiendo. Otros fumando, gorroneando tabaco, liándose un porro. Me apetecía ver a Rut, su ropa de colores, su buen humor siempre contagioso. Deseé que aquel día se hubiera animado a llevar la guitarra. Ojalá que estuviera tocando algo.

21

Me imagino la emoción que debió de iluminar el rostro de Guim la mañana que dos auxiliares aparecieron en su habitación con una silla de ruedas. Iba a levantarse de la cama por primera vez en un mes y medio. Un mes y medio completo, con sus cuarenta y cinco días y sus cuarenta y cinco noches. La silla en sí era un esperpento: enorme, muy pesada, de hierro, con la pintura roja desconchada y la tapicería, negra y de imitación de cuero, rota. Llevaba además un soporte para la cabeza inconmensurable y unos pedales que salían disparados hacia delante como dos lanzas. Pero era una silla.

Le comentaron que, puesto que era el primer día, solo lo dejarían levantado durante media hora. Que después de tanto tiempo tumbado seguro que se marearía. Y que, si la cosa iba bien, al día siguiente ya alargarían.

Lo vistieron. Le pusieron unos calzoncillos. Le cambiaron la bolsa colectora por otra más pequeña que le ataron a la pierna con unas cintas elásticas. Le calzaron unos calcetines blancos, un pantalón de chándal de un color azul muy clarito y unas zapatillas de deporte, también blancas, nuevas, con velcro y dos números más grandes de lo que él solía gastar. Lo sentaron en la cama y le pusieron una camiseta. Roja. Acercaron la silla de ruedas a la cama, por el lado izquierdo. A modo de puente entre el colchón y la silla, afianzaron una tabla de transferencias, una plancha de madera con asas en los extremos y de superficie lisa y resbalosa. Entre los dos auxiliares, lo pasaron a la silla. Primero arrastraron el culo, después las piernas. Le acomodaron los pies en los pedales. Tomaron una almohada de la cama y se la encajaron detrás de la cabeza. Le colocaron los brazos sobre los reposabrazos de la silla, inclinaron el respaldo al máximo y lo dejaron allí. Solo. Sentado y aparcado junto a la cama.

Durante varios días fueron probando: lo sentaban, se iban, regresaban al cabo de diez minutos, enderezaban algo más el respaldo. Si se mareaba, volvían a recostarlo. Cuando pudo aguantar ya un buen rato con la espalda en posición vertical, le quitaron el reposacabezas. Luego, lo pasaron a una silla más pequeña. El respaldo de aquella otra silla solo le llegaba hasta los omoplatos y le dejaba libertad de movimientos en hombros, cuello y cabeza. Era una silla de las que se pliegan en cruceta y no se reclinaba. Cuando se mareaba, lo volcaban sobre la cama: apoyaban el respaldo o los puños de la silla sobre el colchón, le ponían un par de almohadas bajo la cabeza y dejaban la silla descansando en el suelo solo sobre las dos ruedas grandes. La parte de delante, las ruedas pequeñas, el pedal y los pies de Guim, quedaban levantados, flotando en el aire. Los auxiliares iban pasando por la habitación y, cuando se recuperaba, volvían a incorporarlo.

Una semana después le dieron una hoja de pedido para que solicitara su propia silla de ruedas a la Seguridad Social. Le correspondía una. A pesar de que el formulario no ofrecía demasiadas opciones, dice Guim que le hizo mucha ilusión escoger la talla más pequeña, una 36, y el color, azul eléctrico.

Al fin y al cabo, aquellas iban a ser sus nuevas ruedas. Más aún: sus nuevas piernas.

22

Rut fue la primera persona que conocí en la universidad. Hicimos juntas la cola el día de la matriculación y congeniamos enseguida. Era muy distinta a Mónica, que, en aquella época, era mi mejor amiga y también mi refugio.

Rut no solo llamaba la atención por su modo curioso de vestir, siempre con faldas largas y blusas con estampados floreados y muy vistosos, sino por cómo vivía la vida: era una vampira de experiencias. Tenía la necesidad de probarlo todo, a todos los niveles: un plato nuevo en el restaurante de la uni, el nuevo local de moda en el Raval o qué pasaba si te fumabas un porro de manzanilla. Todo era susceptible de pasar a formar parte de su catálogo de vivencias experimentadas en carne propia. Y yo, a veces, me apuntaba a sus planes. Como cuando empezamos a ir juntas a las salas de ordenadores de la Autónoma. Allí, gracias a los primeros, primerísimos, chats por Internet conocíamos chicos.

Corría el año 1997 y no solamente no teníamos móvil todavía, sino tampoco conexión a la red desde casa. En la Autónoma, en cambio, había ya unas cuantas aulas donde podías conectarte. Recuerdo que la primera vez que entré me sentí como si estuviera cruzando el umbral a otra dimensión. Una en la que podías hablar con desconocidos con total impunidad. Sin ningún tipo de vergüenza o pudor. Sin defectos aparentes. Solamente con pantallas plagadas de palabras escritas que rezumaban excitación.

Decía Rut que algunas chicas se citaban con tíos del chat, así en plural, con asiduidad: quedaban, se liaban, conocían a otro y vuelta a empezar. A veces, el desconocido era alguien que se conectaba desde la misma universidad, incluso desde la misma sala. A ella le pasó, con uno de Veterinaria. Fuera de aquella sala nunca se habrían conocido y menos aún se habrían gustado y enrollado. Pero allí, a través del chat, todo era distinto. Todo era más fácil.

Yo también conocí un chico allí. A Juli. Él no se conectaba desde la Autónoma. De hecho, no tenía nada que ver con la universidad: trabajaba desde los dieciséis como auxiliar administrativo en una gestoría. Además, era mayor, bastante más que yo. Simpático, agradable. De los que saben escuchar. Puede que algo remilgado para mi gusto, pero me llevaba diez años de ventaja y tenía un *savoir faire* que me atraía como un imán. Por cómo me hablaba. Por cómo me tocaba.

Una tarde de sábado que estábamos dando una vuelta por el centro, un par de meses después de liarnos por primera vez, no pude resistir la tentación de acercarnos al colegio y enseñarle la foto de Guim en la orla la graduación. Luego, cuando llegamos y él me soltó aquello, este tío no se merece que sufras por él ni un solo segundo, lo hubiera matado.

Estábamos en el pasillo que daba al patio de mi antiguo colegio, frente a la orla. Él contemplaba absorto las fotos y a mí, al mirarle de reojo, me vino una arcada. No me había pasado nunca con él. Me dieron asco sus ojos de sapo, la camisa tan bien puesta, la raya del peinado perfectamente delineada, el tufo a colonia. Era un desgraciado. Un desgraciado de treinta y dos años que se aprovechaba de chiquillas de dieciocho recién cumplidos mientras planificaba al dedillo su boda con una pobre pánfila que no tenía la más remota idea de con quién se acostaba su prometido. Un mierda. Un mierda que se atrevía a juzgar a Guim. Y a juzgarme a mí.

Me contuve. Él no hubiera entendido que me enfadara. Se suponía que estaba de mi parte y su reacción natural habría sido adularme. Me habría dicho que yo era la hostia, que me merecía mucho más. Le eché un último vistazo a la foto de Guim y, sin decir nada, tomé a Juli de la mano y lo saqué de allí. Dejé que me pasara el brazo por los hombros, como solía hacer, y que la multitud que paseaba por Portal del Ángel nos tragase. Debíamos parecer una pareja corriente. Una de esas parejas que a veces, al verlas, hacían que me sintiera tan sola. Nos tomamos un helado cerca de la plaza de la Catedral y, mientras él hablaba y hablaba, le empecé a dar vueltas a la excusa que le pondría para marcharme.

No hace falta que me acerques a casa, le diría. He quedado en Badalona con una amiga. Me viene bien pillar la Renfe. No quería dejar ningún cabo suelto. Ninguna opción a la que él pudiera agarrarse. Y, sobre todo, no quería subirme a su Ford Fiesta blanco. Sabía que, de hacerlo, ya no podría evitarlo. Que él me buscaría bajo la camiseta y que me encontraría. Que me pondría cachonda. Que terminaría por colocar su mano en mi coronilla y me dirigiría la boca, con suavidad, pero también con firmeza, hacia su bragueta.

Y yo no quería. Ya no quería.

La última imagen que tuve de él fue de cuando salí corriendo hacia el andén arguyendo a gritos que se me escapaba el tren. Ni siquiera recuerdo haberme girado una sola vez.

23

Cuenta Guim que en una ocasión, cuando aún iba con su padre y su hermano a esquiar, antes del accidente, vio a un parapléjico. Aquel invierno, Guim había cambiado los esquís por la tabla de *snowboard*. Hacía años que practicaba y le apetecía un cambio. Le encantaba la camaradería de los que hacían *snow*, cómo se reconocían en las colas de los telesillas y se saludaban desde el suelo durante los descansos. Le recordaba mucho a la actitud de los motoristas al cruzarse por las carreteras o en las áreas de servicio. Se sentía como en casa.

Entonces vio a aquel chico, que debía de ser, ahora lo sabía, parapléjico. Llevaba un monoesquí, con las piernas metidas dentro de una especie de capullo. El tipo se lanzó ladera abajo un par o tres de turnos antes que él y lo hizo a toda velocidad. La postura que llevaba facilitaba la inercia y conseguía ir más rápido que cualquier otro esquiador o surfista que fuera incorporado. Guim alucinó y le hizo plantearse que, en caso de quedarse él en silla de ruedas, la cosa no sería tan terrible. Habría montones de cosas que podría hacer. Como esquiar. Como aquel chico.

Pero no. Él, al quedarse en silla, tuvo que complicarlo más. Él tuvo que quedarse tetrapléjico en vez de parapléjico. ¡Cómo iba a ser tan fácil! Una noche, ya en el Vall d'Hebron, se acordó de aquel parapléjico y le dio un ataque de risa. Menudo pringado estaba hecho.

A los parapléjicos los levantaban enseguida de la cama y los bajaban al gimnasio. Allí hacían cosas que a Guim se le antojaban apasionantes: aprendían a hacer transferencias de la silla a la cama y de la cama a la silla, a pasarse al coche, a volver a subir a la silla desde el suelo, o a bajar, a ponerse y quitarse la ropa, la camiseta, los pantalones, los calzoncillos, los calcetines, los zapatos. Practicaban todo tipo de deportes, como el básquet, el tenis o el atletismo. Salían a la calle y tomaban el bus para aprender a moverse de manera autónoma por la ciudad.

Cuando Guim empezó a bajar al gimnasio, en cambio, se pasaba la mañana en terapia ocupacional. Se trataba de una mesa larga y ancha rodeada de pacientes con sillas enormes y lesiones que a Guim le parecían mucho más graves que la suya. Tras las higienes y una vez vestidos, los bajaban uno a uno desde planta y los dejaban allí. Aparcados.

Dice que nunca les encontró sentido a los movimientos pequeños, nimios, que Mariano, el terapeuta, le hacía repetir hasta la saciedad. Pero que los hacía. En parte porque no tenía alternativa y en parte porque le parecía que aquel hombre sabía de lo que hablaba.

Mariano estaba obsesionado con las manos de Guim. Fue él quien le hizo tomar conciencia de que, al flexionar la muñeca hacia arriba, los dedos de la mano se le cerraban solos. Le dijo que tenía que aprovechar ese gesto insignificante y natural. Que era precisamente para poder realizar ese movimiento para lo que eran cruciales los radiales. También que, con ese ademán endeble y aparentemente torpe, lograría sostener un tenedor, agarrar una pieza de ropa, lavarse los dientes o dibujar con un rotulador. Debía tener las manos cuanto más cerradas mejor, le repetía Mariano y por esa razón le puso por las noches unas férulas que acabarían por convertirlas en un par de garras de tetra perfectas.

También fue Mariano quien le habló por primera vez de Rachid. Rachid era un tetra que había conseguido hacerlo todo solo: vestirse, hacer transferencias, ir al baño. Sin ayuda. Y lo más relevante era que tenía la misma lesión que Guim. Idéntica.

24

Aquel julio fue el primero que pasamos en Valencia. Mis padres habían alquilado un piso en Gran Vía Marqués del Turia y para mí era un gusto vivir en pleno centro de una gran ciudad. Lástima que no conociéramos a nadie. Entre semana, yo trabajaba por las mañanas en una tienda de ropa de barrio. Las tardes, las pasaba en casa. Sergi y yo hacíamos la siesta en el comedor. El tapizado de piel de los sofás se nos pegaba al cuerpo, empapado en sudor. Yo leía. Sergi escuchaba una música áspera a la que se había aficionado. Más tarde, cuando el calor aflojaba, salíamos a pasear. Nos acercábamos al Ayuntamiento, a la plaza Redona, al Micalet y a la plaza de la Virgen. Nos adentrábamos incluso en el barrio del Carmen. Pero Sergi y yo ya nos lo habíamos contado todo y, básicamente, nos aburríamos y esperábamos con ansia que llegara el fin de semana.

Los viernes por la tarde, al llegar mi padre de trabajar, nos metíamos los cuatro en el coche y nos íbamos a casa. A Barcelona. A Premià. Íbamos a la playa, comíamos ensaladas frías de garbanzos y quedábamos con los amigos de siempre. Los amigos de mis padres, los de Sergi, los míos. Las tardes de los sábados, además, yo aprovechaba para ir a visitar a Guim.

Tengo grabada la imagen de mí misma camino de la estación, aquellas tardes del mes de julio, justo después de comer. Llevaba siempre en la mano una bolsa con una muda para el día siguiente, pues ya no volvería a casa hasta el domingo. El sol caía a plomo y no me cruzaba con nadie en todo el trayecto. A esas horas todo el mundo estaba echando la siesta. En el tren, encontraba siempre sitio junto a la ventana. Apoyaba la cabeza en el cristal y contemplaba el mar hasta que, pasado Badalona, desaparecía tras los muros plagados de grafitis, los edificios grises, las redes de alambre, los túneles oscuros y los convoyes del metro que se vislumbraban al otro lado, en aquel otro andén que me parecía de otro mundo, uno paralelo e inalcanzable.

En Plaza de Cataluña debía subir hasta la calle, bofetada de calor incluida, cruzar la plaza y cambiar de estación. Ese verano, Guim salía del hospital los fines de semana y los pasaba en casa. Para ir a verle tenía que repetir el recorrido que tantas veces habíamos hecho juntos cuando nos escapábamos a Sant Cugat. La media hora de ferrocarriles catalanes, la cuesta desde la estación, el timbre, soy Clara, vengo a ver a Guim, pasa, pasa, adelante, la penumbra del portal, la puerta del bajo entreabierta y el chirrido de los goznes cuando entraba y la cerraba tras de mí.

Lo habían instalado en la habitación del final del pasillo, una que antes del accidente había sido un despacho y que a mí siempre me había pasado inadvertida. Habían descubierto, gracias a los permisos de fin de semana, que todas las habitaciones del piso, excepto el comedor, tenían la puerta demasiado estrecha. La silla de ruedas no cabía y tenían que entrarlo a pulso entre los tres. Aquella habitación, la del fondo, a mi parecer tan oscura, pequeña y triste, era la más cómoda para hacerlo.

Había pocos muebles: una cama, una mesilla de noche, una silla plegable para mí. También una ventana, un ventanuco que no sé a dónde daba porque la persiana estaba siempre medio bajada. En la pared de la ventana, habían colgado un televisor. Siempre lo vi encendido. La luz discontinua y mortecina que emitía iluminaba el rostro de Guim. Él solo apartaba la vista de la pantalla el tiempo justo para saludarme al llegar y despedirse cuando me iba.

Todas aquellas visitas se me entremezclan en la memoria y se funden como si fueran una sola. Dos horas largas en las que me sentaba en la silla y me repetía por dentro que de lo que se trataba era de estar allí. No me esforzaba siquiera en buscar un tema de conversación. Sabía que a él no le interesaría lo que yo pudiera contarle y no me atrevía a preguntarle nada. No quería invadir su espacio. No quería acribillarlo a preguntas incómodas. No me quería equivocar. Y callaba. Ambos callábamos mientras los minutos pasaban lentos entre películas de serie B y reportajes sobre la sabana africana. Hasta que sobre las siete de la tarde yo rompía el silencio. Me voy. Él me miraba un momento, adiós, adiós, hasta otra y se volvía de nuevo hacia el televisor sin preguntarme cuándo sería esa otra vez, sin decírselo yo, que recogía ya mis cosas, que salía de allí.

Ya en Barcelona, me encontraba con Mónica o con Rut. Solíamos quedar frente al Zurich o El Corte Inglés y ellas, que sabían de dónde llegaba yo, me preguntaban por él. Bien, bien, las despachaba yo enseguida y sacaba otro tema. Cualquier cosa sobre el restaurante donde cenaríamos esa noche, la anécdota de la semana en la tienda o los planes que teníamos para las vacaciones de agosto. Cualquier tema era mejor que seguir hablando de Guim y tener que reconocer que él apenas me dirigía la palabra y que yo no tenía la más remota idea de cómo estaba en realidad.

25

Creo que fue ese verano cuando Guim coincidió en la habitación del Vall d'Hebron con un parapléjico de treinta y tantos que había ingresado por una llaga. Estaban solo ellos dos y pasaban muchas horas juntos. Congeniaron enseguida: a ambos les gustaba el deporte. Así en general: el deporte que fuera.

Aquel mes de agosto se tragaron entero un mundial de atletismo y el Campeonato Europeo de Natación, se sorprendieron juntos con el fichaje de Rivaldo y se lamentaron por la goleada del Real Madrid al Barça en la Supercopa. En las horas muertas, su compañero se zampaba el jamón, el chorizo y el queso que su familia le suministraba a diario y Guim aprovechaba para sacarle toda la información que podía. Lo consideraba una fuente inestimable de conocimiento: se trataba de un lesionado veterano y autónomo con cinco años de experiencia a sus espaldas.

Durante el mes y medio de convivencia, Guim averiguó cuánto tiempo le había costado sacarse el carné de conducir, en qué taller le habían adaptado el coche, qué modelo era, cómo hacía las transferencias de la silla al asiento del conductor y de vuelta a la silla, cómo guardaba la silla dentro y cómo se había adaptado la casa, el baño y la vida entera. Supo que las úlceras lo tenían amargado y que, de los cinco años de lesión, había estado ingresado al menos treinta y seis meses. También que la aventura más emocionante que había vivido en todo ese tiempo había sido una escapada de cuatro días a la Costa Brava con un amigo.

El plan de playa y Twingo y, sobre todo, de no depender de nadie, a Guim le sonó a gloria. Pero comprendió también que el camino sería difícil y sobre todo largo. Muy, muy largo.

26

En septiembre, después de un viaje en familia por Portugal y de las fiestas del pueblo en Soria, me instalé en el apartamento de la villa universitaria de la Autónoma. Tuve que comprar platos, cubiertos, sartenes, ropa de cama. Cociné mis primeras tortillas y tuve mis primeros disgustos con el coche, un Nissan Micra verde que me regalaron mis padres un mes antes de mi cumpleaños. Escogí asignaturas, me matriculé y conocí a mis nuevas compañeras de piso.

Rut pilló por costumbre pasar por la villa a recogerme de camino a clase y me regaló dos tazones grandes, de café con leche *king size*, para que la invitase a desayunar por las mañanas. Muchos días, en vez de dirigirnos hacia Letras, nos desviábamos hacia Ciencias o hacia la plaza Cívica, que era algo así como la plaza mayor del campus. Entrábamos en la librería, nos tomábamos un café en el bar o nos tumbábamos a ver pasar las horas y las nubes desde cualquier rincón. Conocimos a un grupo de chicos de tercero que se acoplaron a nuestros novillos, cines y planes en general.

Pasaron los días y las semanas, y yo, que no veía a Guim desde finales de julio, fui posponiendo la siguiente visita de manera indefinida.

27

Cuenta Guim que solo lloró una vez, a raíz del accidente. Hacía un par de semanas que estaba aislado de nuevo y aquel día era el primero en que le dejaban volver al gimnasio. El celador lo bajó desde planta y lo aparcó junto a las sillas vacías de otros tres tetras que luchaban contra su cuerpo y la gravedad sobre las colchonetas del suelo. Al verle, el fisio le comentó que tenía mal aspecto y fue entonces cuando él pensó que sí, que tal vez sí que se sentía mal. Dice que no se había dado cuenta. Que nunca estaba al cien por cien y que ya no le importaba. Que él lo que quería era salir de la habitación, bajar al gimnasio, quemar etapas, avanzar, aprender a hacer las cosas otra vez. Dejar de depender de los demás. Tal como había hecho aquel tetra del que tanto le hablaban, aquel tal Rachid. Ese que, según Mariano, había conseguido ser autónomo.

Una enfermera de las del turno de la mañana, una de las más veteranas, se acordaba de Rachid y le había contado más cosas sobre él. Que era iraní. Y muy joven. Que había estado muchos meses ingresado por culpa de un problema burocrático. Que no tenía papeles y que, si le hubieran dado el alta, lo habrían extraditado en cuanto hubiera puesto un pie fuera del hospital. Que lo habían mantenido ingresado hasta que todo se había resuelto y que la consecuencia de un ingreso tan largo había sido que Rachid había podido hacer cuatro veces más horas de tratamiento, fisio y terapia ocupacional que cualquier otro tetrapléjico. Y que sí, que tal como Mariano contaba, logró hacer cosas que nadie creía posibles en un C6.

Cuando Guim pensaba en Rachid y en lo que había conseguido hacer, le parecía oír la voz de Mariano. Tenía su misma lesión. Idéntica. Y Guim veía clarísimo que lo que él necesitaba era invertir cuantas más horas mejor. Exprimir el cuerpo. Y la salud.

Cuando volvieron a subirle a planta, Candela cosía sola en la habitación. Guim tenía cuarenta de fiebre. Tenía la cara roja, los ojos hinchados y brillantes, las mandíbulas apretadas. Y estaba harto. Harto de virus y de bacterias y de su puta mala suerte.

Dice que fue entonces cuando se echó a llorar. Él y su madre. Los dos. A lágrima viva.

28

Un día, más de cuatro meses después de ver a Guim por última vez, me encontré a su hermano en la calle. Por casualidad. Era sábado, Barcelona hacía ya semanas que lucía los adornos navideños y yo, como cada año, llevaba a mi abuela de compras. Para no hacerla caminar demasiado, aparcaba el coche en El Corte Inglés de plaza de Cataluña y ya no nos movíamos del edificio: entre una planta y otra encontrábamos todo lo que buscábamos. Ese año, sin embargo, Sergi había pedido un coche de Scalextric muy concreto y decidimos acercarnos a Palau, la tienda de maquetas de la calle Pelayo. Nos cruzamos con Oriol en el paso de cebra de la Rambla. Él caminaba decidido con unos colegas en dirección contraria a la nuestra. Nos detuvimos en medio del paso, pero cuando el semáforo cambió, nos retiramos juntos a la acera del Zurich.

Me daba muchísima vergüenza preguntarle por Guim. Admitir que hacía tanto tiempo que no sabía nada de él. Que no iba a verlo. Que ni siquiera me había dignado a llamarle por teléfono. ¿Cómo está?, empecé. ¿Todavía en el Vall d'Hebron? Y él, no, qué va, ahora está en otro centro, y muy bien, oye, está contentísimo.

Oriol me sonreía con aquella sonrisa que me recordaba tanto a la de Guim, los dientes pequeños, bien alineados, los dos incisivos centrales algo más grandes, como los de un ratoncillo. Y tras la sonrisa, nada. Ningún matiz, ningún reproche. Yo, en cambio, me sentía como si le mirase a través de una máscara y me preguntaba si él notaría que me estaba temblando el labio.

—Ve a verle.

Quise contestarle que no. Que era demasiado tarde. Que había sido fácil. Tan fácil como dejar de ir. Y que no había pasado nada. Que cuando iba, de hecho, tampoco pasaba nada. Y que a aquellas alturas el muro que nos separaba, un muro de tiempo y de espacio, era ya lo bastante grueso para liberarme. Para escaparme. De su mirada ausente y del peso en mi estómago. De los recuerdos que habían dejado de estar a flor de piel, que yacían dormidos unas cuantas capas más abajo, que ya no dolían tanto.

Pero no pude. Porque Oriol remató la faena:

—Le hará muchísima ilusión que vayas.

29

Había sido en septiembre cuando Guim les había anunciado a sus padres que quería marcharse del Vall d'Hebron. Que no aguantaba más. Que no soportaba más bacterias ni más aislamientos, esos días que se repetían idénticos uno a otro y que avanzaban tan despacio. Estaba harto y lo tenía claro. En octubre pediría el alta voluntaria. Habría estado ingresado seis meses en total. Seis meses menos seis días.

En casa, sin embargo, las cosas no habían salido como esperaba. Las puertas eran estrechas. El baño no estaba adaptado. Las transferencias y las higienes eran un suplicio y tanto Ferran como Candela terminaron con lesiones en los hombros por cargar con el peso inerte de su hijo repetidamente. Los mareos empeoraron y solo remitían cuando se tumbaba. En casa, sin rutinas, sin obligaciones ni estímulos, la cama se convirtió en su único refugio. Hasta que Ferran reaccionó: así no avanzaban. En ninguna dirección.

Dice Guim que desde que lo pisó, el Instituto Guttmann le pareció otra liga. Que no tenía nada que ver con el Vall d'Hebron. Para empezar, estaba en plena ciudad, rodeado de bares, cafeterías, tiendas, gente que paseaba, niños que jugaban en los parques a la salida del colegio y transportistas que hacían el reparto durante todo el día. Pero sobre todo no era un hospital. No exactamente. Era un centro de rehabilitación específico para lesionados medulares y afines. Para gente que tenía que aprender a valerse por sí misma otra vez. Que jugaba a deportes para discapacitados. Que conducía coches adaptados. Gente que necesitaba pasillos anchos, llanos y sin escalones y un bar con camareros simpáticos que le pusieran el azúcar y le llevaran el café hasta la mesa. Un sitio para gente como él.

30

Sí que fui a ver a Guim al Instituto Guttmann. Me planté allí cuatro meses después de mi última visita, durante las vacaciones de Navidad de la uni, sin llamar previamente ni avisarlo de ninguna manera. Llevaba la dirección anotada en un pedazo arrugado de papel y el nudo de nervios bien instalado en la boca del estómago.

Igual que había hecho el primer día que le visité en el Vall d'Hebron, entré sin fijarme en nada. En esta ocasión, sin embargo, un vigilante de seguridad me preguntó qué buscaba desde una especie de garita. Tenía un periódico en la mano. Le di el nombre de Guim, Guim Masramon, y él lo repitió entre dientes un par de veces mientras repasaba una lista impresa en papel continuo de impresora, ese con agujeros en los márgenes. Habitación veintidós. Segunda planta. Pero no lo encontrarás allí ahora. Y me sugirió que me acercara al bar. A mano izquierda. Detrás de la puerta de cristal.

Era una cafetería grande y estaba prácticamente vacía. Las mesas eran metálicas; las sillas, de plástico; y había muchos espacios vacíos para dejar lugar a las sillas de ruedas. Al fondo, una barra baja como una mesa. Detrás, un camarero vestido al estilo antiguo, con camisa blanca y pantalones oscuros, hablaba sobre fútbol con un cliente que parecía un paciente: un chico delgado y en silla que me daba la espalda, que tenía el pelo oscuro cortado muy corto, un aro pequeño en la oreja izquierda y las patillas largas, larguísimas. El camarero le indicó con el mentón que se volviera hacia mí. Entonces él posó sobre la barra el vaso de cortado que había estado sosteniendo con ambas manos, las liberó para accionar las ruedas de la silla y se dio la vuelta.

—Hola, Guim.

No se lo esperaba, por supuesto. Su expresión fue de pura sorpresa. Sorpresa, pero también alegría. Los ojos le brillaban, amables, cálidos, y tenían esa chispa de cuando reconoces a alguien que hace mucho que no ves. Me soltó su habitual ey, ¿qué pasa? con voz despreocupada, festiva incluso. Tanto su pose como su sonrisa me recordaban al Guim del principio de los tiempos. El Guim de mucho antes del accidente. De antes incluso de estar juntos. El Guim de cuando éramos solamente dos niños que se sentaban juntos en clase y que se hacían amigos.

Rodó con soltura con la silla por los pasillos del centro y me enseñó el gimnasio, el patio, las inmensas salas con camas separadas por cortinas y la habitación de dos que compartía con un niño que se había quedado parapléjico en un atropello. Un niño muy pequeño que circulaba a toda pastilla por los pasillos, feliz como una perdiz en su microsilla de ruedas. ¡Lo que debe de cundir con cuatro años, decía Guim, pasarse el día con dos ruedas debajo del culo!

Se le veía contento. Locuaz. Divertido. Me contó que había acabado harto del Vall d'Hebron. También sobre los planes de futuro que tenía. Que había encontrado una autoescuela para sacarse el carné de conducir y un taller donde le adaptarían un coche. Que sus padres habían dejado el piso de Sant Cugat y habían alquilado uno en Barcelona. También me preguntó a mí. Por cómo me iba la vida.

—Mis padres se fueron. Creo que ya te lo conté.

—A Valencia, ¿verdad?

Le hablé sobre la villa universitaria, sobre el apartamento y las compañeras de piso que me habían tocado. Le conté sobre las pocas cosas que tenía en común con aquellas chicas. Que no me interesaba en absoluto nada de lo que hacían, ni lo que estudiaban, ni sus gustos y aficiones. Que me sentía sola a pesar de estar rodeada de gente y que mis padres me habían ofrecido que me quedase en el piso de Premià.

—¿Tú sola?

Me gustó su expresión de admiración. También la calma. El buen rollo. La sensación de que podían pasar las horas y seguiríamos charlando y estando a gusto. Me fui de allí con la intuición de que tal vez ahora sí que estábamos preparados. Para ser amigos. O algo parecido.

31

—¿Tienes plan para mañana?

Era 30 de diciembre y yo había vuelto a dejarme caer por Guttmann. Estábamos sentados a una mesa del bar, junto a la ventana, y nos tomábamos un café. A nuestro alrededor, el centro bullía con la actividad de pacientes y familiares que se iban a casa para celebrar el fin de año.

—Voy a una fiesta —le respondí—. Al piso de un amigo.

Un amigo que no era exactamente un amigo, que se llamaba Marc y que era uno de aquellos chicos de tercero que frecuentábamos entonces en la universidad, uno que tenía unos ojos azul claro increíbles, con el que hacía quince días que me había liado y con quien lo dejaría al cabo de una o dos semanas.

—¿Dónde piensas cenar?

—No lo sé. La fiesta empieza después de las campanadas.

—Vente a casa. Si te apetece.

Lo miré mientras él seguía hablando, como si tal cosa. Seremos pocos. Oriol, un par de colegas, Manel. Algunos cenarán y luego también se irán. Será algo sencillo. Picoteo, polvorones, turrón. Las uvas.

No le di demasiadas vueltas. Si iba, podría bajar a Barcelona en tren y me ahorraría la agonía de aparcar el coche en el Eixample. Además, tendría la excusa perfecta para no cenar con mis padres y sus amigos. Era un buen plan. Un plan perfecto. Y le dije que sí.

32

La noche de fin de año llegué a casa de Guim hacia las nueve. A pesar de que el edificio estaba en la zona pija de la ciudad e incluso tenía portero, el piso, muy grande, con anchos pasillos y entrada de servicio, se veía ajado, una sombra de lo que sin duda había sido. Me abrió Oriol. Guim me esperaba en el recibidor. Además de ellos, estaba la novia de Oriol, a quien yo no conocía, Manel y dos chicos más. Todos, menos Guim y yo, se movían de un lado para otro trasladando bandejas, botellas, vasos, platos y copas. Él y yo, un poco cortados, los observábamos desde un rincón.

Guim vestía como las últimas veces que lo había visto en Guttmann: con un chándal azul y un suéter polar muy grueso, de color granate. La sonrisa no se le caía de la boca y los ojos me buscaban la mirada en cuanto alguien gastaba una broma o soltaba una tontería. A la mesa, nos sentamos juntos. Era grande y pesada, de madera buena de color caoba, pulida, pero con muchas marcas de uso, trazas de muchas comidas y mucha vida acumulada.

La cena fue tranquila y amena. Cuando estábamos ya terminando el postre, un pastel de hojaldre relleno de crema y decorado con fresas del bosque, Oriol prendió el televisor. Acto seguido, trasladaron a Guim al sofá. Lo levantaron de la silla entre Oriol y Manel y lo sentaron en uno de los extremos. Él les pidió que le cruzasen las piernas, una sobre la otra, y apoyó el codo en el brazo izquierdo del sofá. Me miró. Yo esperaba de pie tras ellos e hice el ademán de acercarme, pero justo en ese momento a él le atacó una especie de temblor.

No era la primera vez que lo presenciaba. El brazo derecho, que él había empezado a alargar hacia el asiento libre a su derecha, se le había quedado tieso y se había levantado hasta la altura de su rostro. El torso empezó a sufrir convulsiones y la expresión de la cara se le congeló, con la mirada perdida y desenfocada y una sonrisa estática en los labios. Cuatro o cinco segundos después, como si alguien hubiera pulsado de nuevo el botón de pausa, continuó con lo que estaba haciendo antes del espasmo. Terminó de alargar el brazo, golpeó con la mano sobre el sofá y me indicó sin palabras que me sentara allí, a su lado.

¡Vamos, vamos, dijo alguien, que ya empieza! Todo el mundo tranquilo, ¿vale?, que primero van los cuartos. ¡Ahora! ¡Ahora sí! Durante el rato que duraron las campanadas, Guim sostuvo el platillo con las uvas delante de su boca. Lo aguantaba con el mollete de las manos, lo inclinaba un poco y dejaba caer en su boca un grano tras otro.

Yo me sentía incómoda. Siempre me ha resultado pesada la liturgia de las uvas por fin de año. Se me atragantan las semillas y la piel de la fruta, y me cuesta mucho no sentirme ridícula. Cuando alguien me acercó una copa de cava, abandoné el plato a la mitad, me levanté y me sumé al brindis y a las felicitaciones. Luego, me volví hacia

Guim, que me sonreía desde abajo, sentado en el sofá, un poco bebido él también, con los ojos brillantes convertidos en una línea muy fina. Me agaché y le di dos besos. Al hacerlo, me pinché con su barba incipiente y sentí un ligerísimo y vago recuerdo de su olor. Entonces sucedió: yo volví a sentarme a su lado y él posó su mano sobre la mía.

Me quedé rígida. Aunque su mano estaba medio cerrada y no tenía fuerza, era evidente que la había puesto allí de manera consciente. Que era su manera de coger la mía. No me atrevía siquiera a respirar. No quería hacer nada, ningún gesto que pudiera ofenderle. Tampoco quería que algo en mi actitud pareciera una respuesta. Que pudiera interpretarse como un guiño, como una aceptación. A nuestro alrededor, los demás se movían a un ritmo frenético. Nada que ver con nosotros. Como si aquellos gestos tan nimios, el suyo de tomarme la mano, el mío de no reaccionar, estuvieran ocurriendo a cámara lenta, con toda la mala leche posible, para hacer que todo durara eternamente.

No pude aguantar más de tres o cuatro minutos. Saqué mi mano de debajo de la suya y me levanté de un brinco.

—Yo... debería ir tirando.

Mi ritmo se aceleró de pronto, con brusquedad. Fui al recibidor, a la butaca antigua sobre la que había dejado mis cosas. Me puse el abrigo. La bufanda. Tomé la bolsa de deporte con la muda para el día siguiente. Volví al comedor y me quedé inmóvil, frente al sofá, gracias por la cena. Él, con la mirada desenfocada, con una sonrisa neutra, con una cordialidad postiza, a ti por venir. Me incliné sobre él otra vez para darle sendos besos de despedida. Esta vez, sin embargo, evité posar mis labios en sus mejillas y los besos se quedaron flotando en el aire, cerca de sus orejas, cobardes y silenciosos.

Salí del comedor y del piso sin mirar atrás. En el rellano, llamé el ascensor como si fuera un autómata. Oía el rumor tras la puerta cerrada: las voces apagadas, algunas risas, el murmullo del televisor. El ascensor no llegaba. El corazón me palpitaba en las sienes y tenía la última imagen de Guim grabada a fuego en la retina. Las piernas cruzadas. La silla de ruedas al lado. Vacía, frenada. El ribete del pantalón. Las deportivas blancas. El polar. El pendiente en la oreja. El pelo oscuro, tan corto. Las patillas, tan largas. Los ojos.

No lo pude soportar. Y, mientras bajaba corriendo los siete tramos de escaleras hasta la calle, me obligué a borrar aquella imagen. A sobreponer la mirada azul y límpida de Marc, que me estaba esperando en el otro extremo de la ciudad, sobre la de Guim. Tan dulce, y cálida, y cargada de desilusión.

SEGUNDA PARTE
ENERO DE 1998-JULIO DE 2003

33

Hasta la noche de la fiesta de final de curso de COU, Mónica no fue para mí más que una compañera de clase amable y bastante divertida. El primer recuerdo que tengo de ella es de cuando se levantaba en pleno examen de inglés para copiar de un compañero sentado dos pupitres por delante de ella. Yo la miraba alucinada, y admirada, y Guim se partía de risa. Era en tercero de BUP, en la época en que él y yo nos sentábamos juntos, cuando hablábamos todo el rato y nos reíamos por cualquier idiotez. Entonces aún no se había estropeado todo y yo no sabía nada de la miopía de Mónica ni de su rechazo a ponerse gafas.

La fiesta de COU fue un par de semanas o tres antes de la selectividad. Celebrábamos que habíamos terminado el curso y también que el siguiente lunes tendríamos que ponernos a estudiar como locos para esos exámenes con los que llevaban amenazándonos desde septiembre. Después del reparto de orlas en la sala de actos y de la cena en el patio del colegio, las familias se marcharon y empezó lo que todos esperábamos: la auténtica fiesta. Durante las siguientes siete u ocho horas nos dedicaríamos a vagar por el Eixample entrando y saliendo de locales. Beberíamos, bailaríamos, reiríamos y charlaríamos con gente con la que quizás no habíamos cruzado ni dos palabras en cuatro años. Porque aquella noche estábamos todos: el curso íntegro. Y yo sabía que Guim también estaría.

Debían de ser las doce y media cuando entramos en una discoteca de la calle Balmes. Hacía ya dos meses que Guim me había dejado y uno desde que nos habíamos vuelto a acostar la noche de su cumpleaños. Me recuerdo a mí misma en la fiesta vagando por la pista como un alma en pena. Me detenía a cruzar unas palabras con un grupillo o a bailar una canción con otro y me protegía tras la copa. Era mi salvavidas. La excusa para ir y venir, el salvoconducto para pasar cerca de Guim. Tan cerca como me fuera posible.

No le quitaba ojo. Lo seguía con la mirada, buscaba la suya y esperaba en vano una seña, por insignificante que fuera, para lanzarme sobre él. Hasta que pincharon *20 de abril* de Celtas Cortos.

Iba muy, pero que muy borracha. Y cuando la canción empezó a sonar, me volví loca. La conocía de las fiestas del pueblo, mucho antes de Guim y de saber que el 20 de abril era su cumpleaños. Me puse a gritar y a saltar con frenesí y entre el «pues nada chica, lo dicho, hasta pronto si nos vemos» y el «yo sigo con mis canciones y tú sigue con tus sueños», me desplomé en el centro de la pista. Sin llegar a perder el conocimiento, sin estrépito, sin romper un plato, a cámara lenta. Como una muñeca de trapo.

Lo siguiente que recuerdo es la sensación de alguien agarrándome por las axilas y arrastrándome fuera del local. Era Manel. Que me recogió. Que me acompañó. Que se quedó conmigo. Que me preguntó mil veces ¿estás segura de que quieres volver a entrar? Y que volvió a sacarme fuera una vez tras otra, todas las veces que volví a desplomarme. Hasta la exasperación.

—Joder, Clara, ¿puede saberse qué demonios te pasa? Había gente mirándonos. Gente que había salido a fumar o a charlar o a tomar el aire. Yo estaba en el suelo de la callejuela sin salida que había junto a la discoteca y no podía creer que Manel estuviera preguntándome eso. Que qué me pasaba. Y me lo decía él, el mejor amigo de Guim. Como si no fuera obvio. Tanto como que había cielo y sol y luna y estrellas. Tan obvio como la vida. Como aquella calle y aquella noche y aquella borrachera. Y entonces le grité, a pleno pulmón, como si no hubiera un mañana, con toda mi rabia:

—¡Guim! ¡Guim es lo que me pasa!

Me daba todo igual. Que me mirasen. Que me vieran. Que todo el mundo supiera que aquel espectáculo, que todo lo que me ocurría, era por Guim. Gracias a Guim y por culpa de Guim. Que había sido él, él y no yo, quien se había enamorado de mí. Él quien me había empujado y quien, luego, cuando la que estaba colada por él era yo, me había dejado. Ahora ni siquiera me miraba. Me caía frente a él, me hundía, me ahogaba. Y a él, le resbalaba. No le importaba. No me quería. Ya no me quería para nada. Ni siquiera para echar un polvo fácil, rápido y con olor a rancio.

Cuando la noche acabó, me fui con Mónica. Ella me había ofrecido, mucho antes del *show*, que durmiese en su casa. Recuerdo que los zapatos me hacían tanto daño que tuve que quitármelos para poder andar. Las medias, transparentes, de esas que hacen la piel más suave y bonita, se me habían roto por quince sitios distintos. Tenía la falda sucia, el pelo enmarañado, los ojos hinchados, el rímel corrido y un dolor de cabeza que me trepanaba el cráneo. Y, sin embargo, dice Mónica que lo peor no era mi aspecto, sino que no podía dejar de hablar de Guim. De lloriquear por Guim. De lamentarme por Guim.

Dice, y conociéndola tan bien como la conozco, la creo, que ella aquella noche no hubiera dado un duro por mí. Que dudó incluso de si valía la pena escucharme. Darme cuerda. Invertir tiempo en mí.

Pero lo hizo. Ella me salvó. Aquella madrugada, mientras subíamos por la calle Balmes, ella andando, yo arrastrándome, y buscábamos un taxi, Mónica recogió del suelo, uno a uno, todos los pedazos de Clara que el tsunami de Guim había dejado desparramados. Y comenzó a reconstruirme.

34

Dice Guim que la primera mañana que se despertó en Guttmann, la enfermera le preguntó cómo se encontraba. Era pura rutina. Le habían puesto en una sala muy grande, de unas treinta camas separadas por un pasillo y cortinillas que recordaba a la época en que aquel edificio había sido un hospital de prostitutas. Él, también por rutina, le respondió que bien, que mareado como siempre, pero que se sentía bien.

Se había acostumbrado a los mareos. Desde que había empezado a levantarse habían sido, junto con los espasmos, uno de sus grandes problemas. Y habían empeorado. En el Vall d'Hebron, cuando se mareaba, lo volcaban en la cama hasta que se le pasaba. En casa, la única solución había sido echarse. En Guttmann los hicieron desaparecer de un plumazo. Aquel primer día.

La enfermera le preguntó qué tomaba para el mareo. Cuando él le respondió que nada, ella arqueó las cejas, salió de la habitación un momento y volvió con una pastilla. Se la hizo tragar con un poco de agua y le dijo que tenía que tomársela cada mañana. Ella siguió a lo suyo, termómetro, tensión, constantes. Él no volvió a marearse nunca más.

35

Después de la fiesta de final de curso, Mónica y yo preparamos juntas la selectividad. En la cafetería de la librería Laie. En aquella época, la terraza de la cafetería estaba descubierta y entre la sala grande y el exterior, había una galería estrecha. Nos apalancábamos en una de las mesas redondas de los extremos de la galería. Esparcíamos libros, libretas y apuntes, pedíamos un café con leche y alargábamos hasta que venían a echarnos porque iban a preparar las mesas para el almuerzo de mediodía.

Quiero pensar que en estas sesiones maratonianas de estudio fue cuando ella pudo ver que dentro de mi cabeza había algo más que Guim. Lo que ella me mostró a mí fue una Mónica con una vis cómica estelar que se escondía detrás de aquella serenidad y aquel autocontrol que tanta paz me daban. Aún me río cuando me acuerdo de cómo disimulaba, muy digna, que no veía un pimiento cuando íbamos juntas a encontrarnos con amigos suyos. ¡Tan racional que era para tantas cosas y qué manía les tenía entonces a las gafas!

Nos llevábamos muy bien. Tanto que, incluso cuando empezamos a estudiar carreras distintas, yo, Historia del

Arte, ella Derecho, continuamos quedando y al salir de noche siempre me quedaba a dormir en su casa.

Mónica vivía en el Guinardó, cerca de la parada de metro de Maragall. A menudo cuando se nos hacía tarde y el metro ya había cerrado, tomábamos un taxi. Si no encontrábamos ninguno, seguíamos hasta su casa caminando. Y charlando. Me cuesta acordarme de qué hablábamos tanto. Empezábamos a conocernos entonces y nos debíamos de soltar unos buenos rollos sobre nuestra vida antes de ser amigas. También sobre la gente que teníamos en común, lo que hacíamos en el pueblo en verano, chicos, conciertos a los que iríamos, películas, libros, exposiciones, viajes que haríamos. Nos aficionamos juntas a las sesiones golfas de los cines Verdi, a los cantautores y al café soluble.

Lo del café fue cosa de Mónica. Al llegar a su casa de madrugada, ella siempre me ofrecía un café soluble: dos cucharadas colmadas de descafeinado directamente diluido en leche muy fría, fuera verano o invierno, y siempre en un vaso de cristal, grande y lleno hasta el borde. Nos lo llevábamos a la habitación y metidas en la cama charlábamos y charlábamos y charlábamos. Hasta que caíamos dormidas.

36

Antes de la lesión, lo único que Guim leía eran revistas de motos. Después del accidente, sin embargo, terminó por dejarlas de lado y se aficionó a la paleoantropología. Dice que, a menudo, cuando las enfermeras pasaban por su cama, le preguntaban si quería leer algo. Él levantaba la vista del libro y arqueaba las cejas. Estudiar no, aclaraban ellas, leer. Una revista o una novela o cualquier cosa amena y ligera que le distrajera. Y él, que no, que no, que estaba bien, y volvía a las fechas y a los hitos y a los hallazgos.

Cuenta que una vez, cuando estaba concentrado en un nuevo volumen del grupo de Atapuerca, hubo un apagón. Debían de ser las nueve de la noche. Ya habían retirado la cena, pero la gente estaba aún despierta. La mayoría de los pacientes veían la televisión, encamados, pero con los cabeceros de las camas articuladas levantados. Entonces, todo se detuvo.

Las pantallas y los fluorescentes se apagaron, las luces de emergencia se encendieron y el personal de planta empezó a deambular de un lado para otro supervisando que todos los pacientes estuvieran bien. En la sala, aquella sala grande con tantas camas separadas por cortinas, la misma que hacía solo un segundo era un despropósito de televisores encendidos todos al mismo tiempo, empezó a propagarse un murmullo. Era el sonido de las bromas y los chistes que fueron poco a poco subiendo de tono. Un comentario sobre los pacientes con respirador hizo que estallaran todos en carcajadas mientras desde el otro extremo de la planta, desde la sala de mujeres, empezó también a oírse rumor de risas.

Dice Guim que entre una cosa y la otra aquello no duró más de media hora. Que se rieron mucho pero que, luego, cuando la luz volvió, todo recuperó su lugar en apenas unos segundos. Las pantallas se volvieron a encender y las conversaciones languidecieron. Los enfermeros y los auxiliares reemprendieron sus rondas, los pacientes retomaron sus películas o programas de turno y Guim regresó a aquella letra diminuta y densa que lo transportaba de nuevo al yacimiento arqueológico de la Gran Dolina.

37

Necesité tiempo para adaptarme a vivir sola. Una cosa era el ritmo de vida de la gente que, como mis compañeras de piso en la villa de la Autónoma, bajaba a Barcelona a estudiar y los viernes volvía a casa a pasar el fin de semana con la familia y también con los amigos de siempre. Pero no era mi caso. Yo iba al revés del mundo. Los que se habían ido eran mis padres, no yo. Mis amigos eran los de siempre, los que tenían un hogar al que volver por las noches, con un plato caliente esperándoles en la mesa y una familia que los cuidaba. A mí, en cambio, no me esperaba nadie.

Yo entonces aún seguía con la inercia del curso anterior, antes de que mis padres se fueran, y alargaba las tardes con un vamos a tomar algo, o al cine, o un ratito a la biblioteca, o sencillamente un perder el tiempo tumbados sobre el césped del campus. Cualquier excusa era buena para no regresar a casa. Hasta que a las nueve y media o las diez, o incluso las diez y media, no me quedaba otra que recogerme. Acercaba a Mónica o a Rut a su casa y tomaba la autopista hacia Premià.

A veces aprovechaba la vuelta para pasar por el cajero y, a menudo, me encontraba con sorpresas desagradables como que a medio mes ya no me quedase un duro en la cuenta. Compraba lo que estaba acostumbrada a ver en la nevera de casa y, sin embargo, los números no cuadraban. La comida más el tabaco, la gasolina, las entradas de cine, los libros, las bebidas y los bocadillos de beicon con queso sumaban siempre más de lo que mis padres me daban para subsistir.

Una noche, al llegar a casa, quise hacerme la cena y en la nevera solo encontré un huevo. Me recuerdo cogiéndolo, entre resignada y aliviada, y dejándolo sobre la mesa para girarme de espaldas a buscar una sartén. Recuerdo también haber pensado que me haría una tortilla, que quedaba algo de pan de molde y un pedazo de mantequilla para rematar el menú. Recuerdo la sensación. La sensación de que algo no marchaba. Recuerdo el giro brusco que di y el ademán de alargar el brazo para intentar en vano detener el recorrido del huevo, que rodó por el borde de la mesa y terminó estallando impasible sobre las baldosas verdes del suelo de la cocina.

38

Dice Guim que una madrugada, cuando aún estaba ingresado en el Vall d'Hebron, lo despertaron unos gritos que venían de la otra ala de la planta. Eran unos alaridos desgarradores, de alguien presa del pánico. No entró nadie a contarle qué era lo que ocurría y Guim no lo supo hasta el día siguiente.

El que se había pasado media noche gritando era un tetra C4 que acababa de ingresar. El chico tenía dos asistentes, uno para el día y otro para la noche, y estaba acostumbrado a estar siempre acompañado. En el Vall d'Hebron, no obstante, tenían una norma según la cual a las nueve y media de la noche todos los acompañantes debían marcharse. Y jamás la incumplían.

Más allá de la molestia o el dolor en sí mismo, lo que resulta realmente angustiante cuando estás inmovilizado es la falta de control sobre lo que te ocurre. Saber que no puedes solucionarlo. Que no tienes la potestad de actuar y que no sabes cuándo terminará. Sin la perspectiva de un final, la sed, el picor y la incomodidad son realidades inmutables y eternas. Una tortura.

Esa primera noche en el Vall d'Hebron, aquel chico había llamado al timbre para pedir ayuda en varias ocasiones.

Había pedido que le rascaran la oreja. Que le colocaran mejor la almohada. Que estirasen la sábana que se había arrugado y se le clavaba en la espalda. Que le dieran agua. Los enfermeros, hartos de aquel ir y venir, habían decidido inventar algo para que él pudiera beber sin ayuda: le pusieron un tubo a la botella que él podía alcanzar solo girando la cabeza y se marcharon. Lo que no habían previsto era que, si el tubo quedaba suelto y enfocado hacia abajo, el agua empezaría a chorrear y el paciente no tendría ninguna posibilidad de detenerla. El líquido fluiría, pasaría de largo por su nuca y le empaparía el pelo y los hombros. Forzando la mirada, el chico descubriría impotente que también en la zona del pecho, allí donde ya no tenía sensibilidad, la mancha húmeda avanzaba imparable. La angustia que sentiría sería tan grande que terminaría por pedir auxilio a gritos.

Después de tres noches más como aquella, el supervisor de la unidad decidió que con él harían una excepción a la norma y podría quedarse un acompañante.

Fue el padre de aquel paciente, que entabló amistad de pasillo con el padre de Guim, quien les habló del gimnasio de Damià. Decía que ellos habían pedido el traslado a Barcelona desde Cantabria por Guttmann, pero también por Damià. Damià, que tenía un método de rehabilitación revolucionario. Que conseguía hacer caminar a lesionados medulares, en particular a los que, como Guim, tenían la lesión incompleta. Damià, que era un genio. Que no daba ningún caso por perdido. Que hacía milagros.

39

Una mañana de febrero en la facultad, mientras hacíamos novillos y matábamos el tiempo tirados en las escaleras que van a la hemeroteca de Letras, alguien comentó que en los cines Maldà echaban *Familia*, de Fernando León de Aranoa. Yo la había visto ya, en verano, con Mónica, pero me había gustado tanto que no me importaba repetir. Decidimos saltarnos también las clases de la tarde e ir a la sesión de las cuatro y media. Conduciría yo, ya que era la única que tenía carné y coche.

Esa tarde en el Micra no cabía ni un alfiler. Íbamos Rut, yo y tres chicos del grupo de tercero: uno que era un friqui y que a Rut la llevaba de cabeza, el de la fiesta de fin de año, con quien ya lo había dejado, y otro con el que estábamos en pleno flirteo. Arrellanada en el asiento del copiloto, Rut me propuso ir por la Rabassada. Atajaremos, me dijo. Yo te guío para pillarla.

Hacía casi dos meses que no sabía nada de Guim. Desde que había huido de su casa por fin de año, ninguno de los dos había llamado al otro y yo no había vuelto a visitarlo. Pero aquella tarde no pude evitar pensar en él.

Cualquier carretera de curvas del mundo me hubiera recordado a Guim, pero esa aún más. Si vives en Sant Cugat y llevas moto es imposible no caer en la tentación de hacer la Raba. Aunque como a Guim te lo hayan prohibido. O precisamente por eso. Como cuando mis padres nos prohibieron que cruzásemos la carretera de Vilassar de Dalt con la bici y Sergi empezó a hacerlo de manera sistemática. Que tampoco es que hubiera nada especial al otro lado de la carretera, pero el subidón de adrenalina de ponerse justo en medio de la calzada, al límite de la frontera prohibida, mirar a un lado y al otro, esperar el momento propicio, ningún coche de subida, ningún coche de bajada, montar de un salto y pedalear con toda la fuerza de la que eres capaz, con nueve años, debía de ser muy parecido a lo que Guim debió de sentir con dieciséis las primeras veces que salió de Sant Cugat sin permiso y descubrió que a dos pasos tenía una de las mejores carreteras de curvas del mundo.

Al poco se aprendió la carretera de la Rabassada de memoria. Dice, y yo no lo dudo, que hubiera podido recorrerla entera con los ojos cerrados. A mí me había llevado una vez. Solo una. Legalmente no podría llevar a nadie hasta que tuviera dieciocho y moto grande, pero se había comprado una pequeña que aparentaba más. Una noche que salimos de fiesta y que sus padres estaban pasando el fin de semana fuera, me llevó. Yo les mentí a los míos. Decir que dormía en casa de una amiga e irme a la de Guim era entonces mi propia carretera prohibida.

Pocas veces en la vida he pasado tanto frío como aquella madrugada en la Rabassada. El casco que me habían prestado no tenía visera. Tampoco llevaba guantes y el abrigo era tan ancho que el aire, un aire helado que cortaba como astillas, se me colaba por todas partes. Cuando llegamos a su casa, el agua caliente de la bañera impactó con violencia sobre mi piel congelada y gemí de dolor. Poco a poco, sin embargo, el agua y Guim lograron templarme el cuerpo y los sentidos.

El mediodía que recorrí la Rabassada de camino a los cines Maldà con el Micra lleno a hasta los topes, creía que la cabeza me estallaría. La humanidad y el humo del tabaco y de los porros lo invadían todo y entelaban los cristales. Llevábamos las ventanillas cerradas porque fuera, aquel día, también hacía frío. Los tres que iban apretujados en el asiento de atrás no paraban de reír y Rut, en su papel de anfitriona relajada que no debe concentrarse en la carretera, les seguía el juego, sentada de medio lado.

Ninguno de ellos tenía la más mínima idea de lo que a mí me pasaba por dentro en aquel momento. A cada curva que trazaba, sentía que mi mirada era la de Guim tras la visera del casco. Cuando pisaba el embrague, sentía su espalda inclinada sobre el manillar y, al acelerar, me embriagaba aquel olor suyo, mezcla de desodorante y cuero y sudor rancio. En una ocasión en que el pie se me escapó y me pasé de la raya, entreví por el retrovisor miradas de susto en los asientos traseros del Micra. Pero fue solo un segundo, un destello entre calada y calada.

Dimos una vuelta de mil demonios para cruzar Barcelona por la Avenida Tibidabo y Balmes, y nos tragamos un montón de semáforos. Cuando al fin aparcamos, a veinte minutos andando de los Maldà, y los chicos y Rut abrieron las puertas, sentí como si hubieran despresurizado la cabina de un avión. Del coche salieron piernas, brazos, porros, mochilas, carpetas, abrigos, bufandas, libros, risas y los últimos estertores de música a todo volumen. Quité la llave del contacto. El estruendo de la ciudad en plena actividad se me antojó balsámico y respiré hondo. Ahora solo tenía que caminar, dejarme caer en la butaca del cine, buscar la proximidad de una rodilla en la oscuridad, de un brazo, de una mano. Y relajarme.

Estábamos ya a cien metros del coche cuando me di cuenta de que me había olvidado el monedero. Esperadme un momento, les pedí. Y fue entonces, al volver, cuando vi que, aparcada sobre la acera junto al Micra, había una Impala. Con su carrocería roja, con su logo dorado, con el asiento de cuero negro que se alargaba hacia atrás. Para dejarle sitio al pasajero. Para dejarme sitio a mí.

40

Debía de ser ya marzo cuando Guim consiguió ir al gimnasio de Damià. Faltaban aún un par de años para la explosión de Internet y cinco para que la gente se diera cuenta de que, si no estás en la red, no existes. Así las cosas, localizar a Damià le había costado al padre de Guim varias llamadas, conversaciones y esperas. En Guttmann no les hizo ninguna gracia que fuera allí. Decían que Damià era un farsante, que eran muy libres de dejarse estafar, si querían, pero que fueran con cuidado. Y que recordaran que Guim tenía que estar de vuelta en el centro a las siete y media. A tiempo para cenar.

De entrada, a Damià no lo vieron. En el mostrador tomaron nota del nombre de Guim, su edad, la lesión, la fecha del accidente, la medicación que tomaba... Le recomendaron que para la próxima sesión llevara una muda de recambio y le hicieron pasar.

Con él, debía de haber nueve pacientes en total. Los otros ocho estaban repartidos por una gran sala que recordaba al gimnasio de Guttmann y al del Vall d'Hebron. Los fisioterapeutas debían de ser seis. Vestían pantalones, batas y zuecos blancos. En general eran jóvenes, de unos veinticinco, veintiséis años. Sin embargo, destacaba uno de ellos que debía de tener más de cincuenta y que se recogía el pelo largo y blanco en una coleta. Se paseaba entre los pacientes y las máquinas dando grandes zancadas y llevaba los brazos cruzados detrás de la espalda. Le seguían de cerca un chico y una chica aún más jóvenes que los demás que vestían con una camisa verde y tomaban notas de lo que les iba contando. El del pelo blanco mantenía todo el tiempo la barbilla levantada y miraba a derecha e izquierda por encima de unas gafas de montura metálica rectangulares. Pequeñas. De vez en cuando se detenía, cruzaba los brazos por delante y, con un bastón de madera de los de toda la vida, señalaba un músculo u otro, daba lecciones a los dos aprendices y espoleaba al paciente como si se tratase de un caballo de carreras.

A Guim se le acercaron dos fisios que lo levantaron de la silla de ruedas y lo dejaron colgado de unas barras paralelas. Con unos bitutores le bloquearon las rodillas obligándolo a mantenerse derecho. Uno de ellos le dijo que tenía que hablarle al pie. Para hacerlo reaccionar. Que podía pasarse meses sin respuesta aparente, pero que si perseveraba al final el pie le escucharía y se movería. Que debía tener fe. Que el pie no había perdido la facultad de moverse, sino la de escuchar la orden. Que tenía que enseñarle a escuchar de nuevo.

A Guim, que no pudo evitar sentir una cierta suspicacia ante aquel discurso, le pareció que el chico se sabía bien la lección, pero que no terminaba de creérsela del todo.

Cuando ya llevaba quince minutos hablándole al pie derecho y empezaba a sentirse idiota, a Guim le tocó también el turno del bastón. El hombre del pelo blanco, que ya no tenía dudas de que era Damià, se le acercó y empezó a gritar mientras le daba cachetes en el culo. Repetía una y otra vez que había contracción, con-trac-ción, y lo jaleaba para que continuara. Decía que tendría que trabajar mucho, muchísimo, pero que si había con-trac-ción era que había trabajo por hacer. Trabajo para años. Facturación para años.

A Guim le hubiera gustado creerle. Hubiera querido creer que era posible volver a mover el pie. Incluso volver a caminar. Que solo necesitaba tiempo y esfuerzo y convicción. Pero era una persona demasiado racional, demasiado científica, para aquel discurso tan absurdo. Sabía que la con-trac-ción que Damià había celebrado con tanto énfasis no era nada. Poco más que un espasmo involuntario que él jamás llegaría a controlar. Y que no le conduciría a ningún lado.

Al salir del gimnasio era plenamente consciente de que no volvería y de que tendría que buscar la fórmula para ser autónomo en otro sitio. Como había hecho Rachid.

41

—Me quiero morir —me soltó Aleix por teléfono la noche que nos hicimos amigos, amigos de verdad.

Aleix era amigo de Mónica cuando ella y yo empezamos a serlo. Iba también a nuestro colegio y los tres habíamos coincidido en clase el último curso. Un tío simpático, muy divertido. Era alto, con estilo y siempre estaba liado con una u otra chica. A menudo coincidíamos cuando salíamos de fiesta y nos llevábamos bien, pero la cosa no pasaba de colegas de borrachera. De hecho, aquel jueves de finales de marzo fue la primera vez que me llamó y lo hizo por casualidad: no localizaba a Mónica y necesitaba con urgencia alguien con quien hablar.

—Aleix, no me asustes. ¿Qué te pasa?

—Lo peor, Clara. Lo más horrible que puedas imaginarte.

—Has matado a alguien.

Siempre me lo he imaginado con una media sonrisa en los labios cuando me respondió que no, que por supuesto que no. Una media sonrisa que se transformaría en una sonrisa completa a medida que fue descartando el resto de las opciones que yo le fui planteando: le habían atacado, estaba herido de muerte, había robado un banco, tenía una enfermedad terminal, sus padres habían muerto...

—Eres gay.

Era la primera vez que usaba la palabra gay. Él me contestó que sí con un hilo de voz y una «y» alargada que se fue apagando poco a poco.

—¡Pero si no pasa nada, hombre!

Se lo dije de todo corazón, desde lo más hondo de mi alma. Porque pensaba que el hecho de reconocerlo nos liberaba a todos de un gran peso y de una sospecha permanente. Y porque yo también lo creía. Que no pasaba nada. Que no era nada grave.

Supongo que yo entonces aún no tenía suficientes datos para saber cómo le pesaba a Aleix todo aquello: la familia; los sermones del cura del colegio que le decía que eso suyo pasaría sin más; las risas y las miradas de los compañeros de clase; la presión por tener novia y que le gustara y que le excitara porque aquello era lo que tenía que ser; la tortura de ver hombres y chicos y obligarse a apartar la mirada, a dejar de sentir atracción por ellos porque no era lo que tenía que ser; el deseo que se negaba a desaparecer y se rebelaba por las noches y en las madrugadas y le obligaba a escaparse a lugares oscuros a hacer cosas oscuras con hombres oscuros, y la culpa. Siempre la culpa. La maldita culpa cristiana, *mea culpa, mea culpa, mea máxima culpa*, que nos habían clavado hasta el fondo del alma. La culpa por lo que había hecho y por lo que no, por lo que había querido hacer, por lo que sentía, por lo que deseaba, por quien era.

Aquella noche, sin embargo, lo único que yo sabía era que Aleix estaba cayendo al suelo en su propia fiesta de final de curso. Que tal vez a él no se le hubieran roto las medias y no tuviera el rímel corrido, pero que había tocado fondo. Igual que había hecho yo hacía ocho meses. Y que ahora la que estaba al otro lado, en la orilla seca y segura donde Mónica me había resguardado, era yo. Yo quien le ofrecía la mano a Aleix. Yo quien lo salvaba. Yo quien empezaba a reconstruirle.

42

A Guim siempre le había gustado estar solo. Hacer cosas solo. Ir solo por el mundo. No era que no le gustase estar con los demás, pero disfrutaba de los ratos de soledad tanto o más que de los otros. Desde los catorce años, cuando su padre empezó a darle dinero para que comiera a mediodía donde quisiera, una de sus aficiones era perderse por las calles de Barcelona sin compañía. Salía del colegio después de las clases de la mañana y echaba a andar hacia el Gótico o Rambla abajo. Comía en cualquier bar barato de menú o se pillaba un bocadillo y se lo comía sentado en un banco frente al mar. Le daba igual. La comida era lo de menos. Lo que de verdad tenía valor era descubrir la ciudad por sí mismo. Era una sensación similar a la que tendría más adelante cuando se perdiera con la moto por carreteras secundarias, cuanto más remotas mejor. Se sentía vivo.

En Guttmann estaba todo organizado para que el paciente pudiera quedarse solo: todo era accesible y estaba adaptado a usuarios de silla de ruedas. Y cuando los pacientes no llegaban, aparecía un auxiliar o un enfermero para ayudarle.

Pronto la madre, el padre y el hermano de Guim empezaron a espaciar las visitas y los pasillos amplios y amigables del centro se convirtieron en las calles y las carreteras por donde él volvió a rodar en solitario.

43

A principios de abril soñé con el hermano de Guim por primera vez. Al principio parecía todo muy real, una reproducción casi exacta de mi encuentro con él de hacía unos meses. Puede que las únicas diferencias fueran que en el sueño no era Navidad y que mi abuela no aparecía. Oriol sí que iba acompañado, por un grupo de colegas que yo no alcanzaba a distinguir. Nos cruzábamos en medio del paso de cebra, nos reconocíamos, nos deteníamos. El semáforo empezaba a parpadear y nos refugiábamos junto al Zurich. Nos saludábamos. Yo le preguntaba por Guim. Él me respondía. Está bien. ¡Está tan bien! En el sueño, sin embargo, la razón por la que Guim estaba bien no era por el cambio de hospital.

—Ha vuelto a caminar.

Me lo soltaba tal cual, como si fuera lo más natural del mundo. Yo también me lo tomaba así, como si aquello fuera solamente una posibilidad más entre una lista de opciones viables. Tan simple como eso. Tan simple como que entonces Oriol me señalaba el grupo de gente que estaba esperándolo y yo veía a Guim.

Estaba ahí, a un par de metros de distancia de donde yo y Oriol hablábamos, justo frente al bar. Entonces yo sabía que había estado allí desde el principio. También sabía que era el Guim de siempre, mi Guim, el de antes del accidente. Sin silla, de pie, tan alto, con los vaqueros gastados, con las Martens negras y la camiseta oscura. Con las patillas largas y el pelo cortado a tijera, como la tarde en que me lo había cruzado frente al colegio y había sentido por primera vez el gusanillo en el estómago, aquellas ganas locas de que él me mirara.

—Ven conmigo, Clara. Ven a saludarle.

Lo tenía tan cerca. Habría sido muy fácil. Le hará mucha, muchísima ilusión.

Y, sin embargo, yo dudaba. Y, mientras dudaba, entre nosotros dos, entre Guim y yo, en aquellos dos breves metros que nos separaban, se formó un velo, una especie de cortina de humo que a cada segundo que pasaba se volvía más espesa. Desde el otro lado, él me miraba, yo veía que me miraba, que miraba hacia donde yo estaba, pero que no me reconocía. Que no llegaba a verme. Y yo me sentía incapaz de atravesar el velo y acercarme a él. Tenía los pies clavados al suelo.

—No puedo. No puedo, Oriol. Me alegro tanto... Pero no puedo.

44

¡Le hacía tanta ilusión la silla nueva! Tanta. No era que la otra, la azul que se había llevado calzada del Vall d'Hebron, no le gustase, pero era pesada y no rodaba bien. A su alrededor, en Guttmann, cada día veía cómo los parapléjicos pasaban por su lado a toda velocidad y lo dejaban atrás. Él empezaba ya a tener claro que, además de la lesión, la silla tenía mucho que ver en la calidad de la movilidad. La calidad de la silla: los mecanismos, el diseño, las piezas, los rodamientos.

Dice que cuando entró en la ortopedia y su padre fue a pedir que alguien les atendiera, él se quedó en la entrada mirando los modelos que tenían expuestos. Y que, entre todas las sillas, hubo una que le llamó la atención. Parecía plegable, como la suya, pero con un sistema curioso, distinto del mecanismo de cruceta de las sillas de hospital. Era pequeña: estrecha, corta, con unas ruedas delanteras minúsculas, un respaldo muy bajo y unos puños anecdóticos. Pero sobre todo era bonita. No solo por el chasis, de color negro y acabado mate, sino también por el diseño. Era funcional y estética. Un objeto bello en sí mismo.

El dependiente se la quitó enseguida de la cabeza, sin embargo. Le dijo que con su lesión era del todo imposible que pudiera usar una silla como aquella. Que era demasiado activa. Que en una silla así, perdería el equilibrio y se caería. Que él necesitaba un buen respaldo, que lo recogiera bien, y el centro de gravedad bien atrás. Una silla estable. Estable y segura.

Su padre probó la silla que sí que era adecuada para él. La hizo rodar delante de Guim. Iba muy fina. No era bonita, pero sí bastante ligera y elegante. Plegable, de cruceta. Y con unos rodamientos que no tenían nada que ver con los de la silla azul. El precio tampoco. Escogió el color, un morado muy intenso, un par de opciones y dejó que el ortopeda rematara el pedido.

Cuando la silla llegó, ocho semanas más tarde en vez de las cinco que le habían dicho, lo único que era como Guim había imaginado era el color. Rodaba bien y los pivotes de los aros eran cómodos. Pero era muy grande. Inmensa. Inconmensurable. Y con extra de todo: extralarga, extraancha, con el respaldo extraalto y todos los complementos extras posibles: puños, pedales extraíbles, apoyabrazos, antivuelco. Un auténtico tanque a medida de un tetra C5-C6 de más de metro ochenta. Un trasto que no tenía nada que ver con la silla pequeña y bonita que se había quedado en el escaparate de la ortopedia.

45

Con los años le pillé el gustillo a ir a la peluquería. Y no me conformaba con arreglarme el corte, repasar puntas o corregir el flequillo. Siempre pedía un cambio. Algo nuevo. Distinto. Corto. Largo. Cortísimo. Probé baños de color. Decoloraciones. Permanentes. Flequillos rectos. Flequillos irregulares. No me importaba entrar en una peluquería nueva, que no conociera de nada. Incluso lo prefería. No quería que la peluquera tuviera ningún referente sobre mí. Ningún condicionante. No era nadie al entrar y, al salir, solo alguien distinto que no volvería nunca.

Un día me aventuré a ir a la peluquería de la universidad. Se trataba de una peluquería-escuela y los precios eran muy asequibles. Mucho. Mientras esperaba mi turno, hojeé las revistas para decidir qué me haría. Escogí un peinado cortito con mechas rubias, casi blancas, y se lo mostré a la chica que me acompañó adentro.

La sala era grande, con muchas sillas y mucha gente trabajando. La peluquera, más joven que yo y bastante malcarada, me hizo sentarme y enseguida me encasquetó un gorro de goma con agujeros. Con un ganchillo de metal como los que usaba mi abuela para sus labores, empezó a atrapar pequeños mechones y a sacarlos por los huecos del gorro. Cada vez que lo hacía me clavaba el ganchillo en el cuero cabelludo y después tiraba de él sin ningún reparo y con tanta mala leche que me parecía que me los iba a arrancar. No me miró a la cara ni una sola vez. Tampoco dijo ni media palabra. Cuando terminó, lo embadurnó todo con una pasta densa y blanca y me dejó allí plantada sin ninguna explicación.

Mientras esperaba dolorida a que las mechas subieran, un grupo de estudiantes me rodeó. Los lideraba un tipo de cabellos grises y barba de chivo, con los ojos pequeños y entrecerrados. Sin descruzar los brazos de detrás de la espalda, el profesor llamó a la chica que se ocupaba de mí y le pidió que contara lo que había hecho. Cuando ella terminó, como si yo no estuviera allí presente, sino solamente mi pelo, con una voz baja y rasposa, el hombre empezó a hablar. Así es exactamente como no deben hacerse unas mechas. Lo soltaba sin pensar. Tal como le brotaba de dentro. Para un *look* extra corto como este, el gorro no es, nunca, bajo ningún concepto, una opción.

He salido muchas veces de la peluquería con ganas de meter la cabeza bajo el grifo, pero aquella fue sin duda la peor. El peinado era horrible: el más corto de mi vida, tieso, con las raíces oscuras y escupitajos de un amarillo enfermizo en las puntas.

Y, sin embargo, no me preocupó. Porque tenía diecinueve años. Porque daba igual. Porque, con el cabello tan corto, destacaban mi cuello y la nuca y los pendientes hippies que me gustaba llevar siempre bien largos. Y porque crecería. Porque el pelo crece y cuando crece puedes volver a cortártelo. Y empezar de nuevo.

46

En Guttmann, Guim pasó por todos los departamentos y especialidades médicas.

Ahora su cuerpo se regía por unas normas nuevas: las del cuerpo lesionado que funciona a medio gas. O de otro modo. Algunas cosas eran distintas. Otras, más difíciles. Y unas pocas, especialmente delicadas, como las llagas y las infecciones de orina. Dice que una vez estuvo ingresado junto a un parapléjico que había perdido la sensibilidad completamente. Una noche, la madre de aquel chico le puso una bolsa de agua caliente en las piernas y le provocó quemaduras de tercer grado. El muchacho tuvo más complicaciones en la rehabilitación por las quemaduras que por la lesión en sí.

Por suerte, Guim tenía algo de sensibilidad por debajo del nivel de la lesión y, si pasaba mucho rato en la misma posición, lo notaba. También cuando algo le dolía. Si se torcía un pie o se quemaba en una pierna, si tenía dolor de barriga o algún órgano interno sufría, su cuerpo reaccionaba con violencia. No lo hacía de manera inmediata; quizás un buen rato después de haberse hecho daño. Tampoco se trataba de una sensación explícita de dolor. Era una reacción extraña que se manifestaba en forma de espasmos, escalofríos y un malestar general que hacía que la tensión le subiera con brusquedad. Le contaron que a esos episodios se les llama disreflexia. Tienen siempre que ver con algo que no marcha bien y pueden ser peligrosos.

Los espasmos tenían distintos orígenes y no únicamente aparecían cuando se hacía daño y tenía disreflexia, sino mucho más a menudo. Indicaban que los músculos, aunque no se movieran, seguían vivos. En el caso de Guim eran, por añadidura, un problema grave que una simple pastilla no podía solucionar.

Era imposible preverlos. Llegaban cuando querían, de manera involuntaria e incontrolada. Los de los brazos y la barriga le hacían retorcerse y tenía que agarrarse a los puños de la silla para recuperar el equilibrio. Los de las piernas las hacían botar con tanta violencia que habían llegado a levantar una mesa de madera maciza de dos metros de largo.

A medida que pasaban los meses, los espasmos llegaron a ser tan frecuentes que incluso cuando no tenía, le condicionaban la vida. No podía ni siquiera plantearse aprender a hacer transferencias de la cama a la silla porque, si a media operación le sobrevenía un espasmo, podía caerse al suelo. Tampoco podía apuntarse a una autoescuela porque un espasmo podía provocar un accidente.

La noche era complicada. Intentaron fijarlo con una sábana cruzada y bien remetida bajo el colchón, pero no fue suficiente: en un par de ocasiones o tres a punto estuvo de caerse de la cama. Al final tuvieron que atarlo con cinchas, unas correas de cuero que le rodeaban las rodillas con fuerza. Un par de cojines entre la chincha y la piel le protegían para que no se llagase.

Y, lo peor de todo, era que iban en aumento. Si quería lograr alguna autonomía, por mínima que fuera, solamente cabía una solución: que le implantasen una bomba de baclofeno, un aparato que infundiría gota a gota y de manera constante un relajante muscular al líquido cefalorraquídeo que rodea la médula y, de allí, al resto de músculos.

La lista de espera para aquella operación era de más de dos años. Más de dos años en los que tendría que vivir y dormir atado.

47

Después de cuatro meses sin saber nada de Guim, no sabía cómo hacer para romper el hielo. Para volver. La que había desaparecido había sido yo y, por lo tanto, si quería volver a verlo tenía que mover ficha.

Se me ocurrió que su cumpleaños sería una buena excusa. Un par de días antes del 20 de abril, llamé a Manel y le pregunté si él iría a visitarle. Sí, me dijo, alrededor de las cinco. A su casa. Ahora está en régimen ambulatorio y las tardes y las noches las pasa en casa, añadió.

Compré el regalo el mismo día 20 por la mañana. Me levanté tarde y pasé de ir a clase. Cuando llegué a la Autónoma, fui directa a la plaza Cívica. Aparqué debajo de la plaza, en un aparcamiento estrecho y que estaba siempre hasta los topes; subí a la librería; me paseé por los pasillos y me terminé decantando por un libro de Taschen sobre los enigmas visuales de Escher. Pensé que le interesaría. Me llevé también un rollo de celo y otro de papel de regalo. Pagué, envolví el libro apoyada sobre el capó del coche y me fui hacia la Facultad de Letras, a comer y a matar el tiempo hasta las cuatro.

No había vuelto a casa de Guim desde fin de año, pero me acordaba bien del trayecto. Estaba muy nerviosa.

Cuando llegué el corazón me latía como loco. Él aún no estaba, pero Manel sí. Pasó un rato y llegaron Oriol y su novia y también un par de colegas más. No me acuerdo de lo que hablamos, solo del sofá sobre el que yo me sentaba. En la punta, con la espalda muy erguida, el cuerpo envarado, el regalo sobre las rodillas y un tic nervioso que me hacía mover la pierna derecha de manera incontrolada.

También me acuerdo de la mirada de Guim cuando entró en la sala. De su frialdad. De que pasó por delante de mí sin detenerse. De que saludó a Oriol, le dijo algo divertido a Manel y le dio un par de besos a la novia de su hermano. De que a mí me dejó para el final. De que solamente me dirigió un ey, ¿qué pasa?, sin más.

No me quedé mucho rato. Veinte minutos a lo sumo. Cuando no aguanté más mi propia presencia de invitada de piedra, me levanté del sofá. Le miré a la cara y le sostuve la mirada, dos puñales que se me clavaban en las pupilas. Me voy. Le dejé el regalo en el regazo, me ahorré la formalidad de los dos besos y salí de allí.

Era la segunda vez que huía de aquel piso. En esta ocasión ni siquiera hice el amago de esperar el ascensor. Tampoco fui capaz de contener las lágrimas, que empezaron a rodar por mis mejillas tan pronto empecé a bajar los escalones, de dos en dos.

48

Dice Guim que en cuanto cerré la puerta detrás de mí, Manel le echó una buena bronca. Que cómo se pasaba conmigo. Que menudo borde. Que qué se suponía que estaba haciendo. Que cómo pretendía que yo volviera a aparecer si él se comportaba así, como un imbécil.

Pero es que Guim estaba enfadado. Muy enfadado. Y no solamente conmigo, sino también con Manel y con el resto de amigos, compañeros, colegas y conocidos. Con todos. Con el mundo entero.

Durante los primeros meses, las visitas habían sido una tortura. La gente iba cuando quería, sin pedir permiso, y él tenía que ponerles buena cara y mostrarse agradecido. Daba igual cómo se encontrase. Que le apeteciera o no. Luego, en cambio, una vez él estuvo ya mejor, todos desaparecimos. Nadie se dejaba ver, ni por Guttmann ni por su casa. Apenas recibía llamadas. Y ahora, de pronto, nos habíamos puesto todos de acuerdo para aparecer el día de su cumpleaños y llevarle regalos.

Como si fuera tan fácil.

A él le habría gustado que hubiésemos ido el día anterior, o hacía una semana, o cualquier otro día. Una tarde del millón de tardes que tenía el año. Sin que hiciera falta ninguna excusa. Sin regalos. Que fuéramos a tomarnos un café con él. Que comentásemos el último partido del Barça, la carrera del domingo, la nueva temporada de *Friends*. Que viéramos juntos el capítulo. Que nos riéramos. Que estuviéramos.

49

El piso era demasiado grande para mí sola y lo tenía siempre todo manga por hombro. Usaba los dos baños: el pequeño para ducharme, porque la ducha era más cómoda que la bañera, y el otro, el grande, para todo lo demás. Cuando me sentía formal y organizada, dormía en mi cuarto, en mi cama individual de toda la vida, rodeada por mis muebles infantiles. En cambio, cuando dormía acompañada, o quería acordarme del cuerpo que me había acompañado recientemente, o imaginarme el cuerpo que me acompañaría en breve, me instalaba en el de mis padres, en la cama de matrimonio que habían comprado cuando se casaron.

A pesar de que no solía sentarme allí a estudiar, tenía el despacho inundado de libros, libretas y apuntes varios. Sobre la cama de la habitación pequeña, la de mi hermano, acumulaba montañas de ropa limpia sin planchar ni doblar que raramente llegaban al armario. Cuando necesitaba algo, sencillamente revolvía en aquel amasijo y lo cogía. El salón comedor, la cocina y el recibidor eran mi campo de batalla habitual. Y la terraza me encantaba. Allí leía, estudiaba y pasaba las horas muertas.

También era donde tendía la colada. Casi siempre de madrugada. Cuando terminaba con la ropa, me apoyaba en la barandilla y contemplaba embobada los edificios de alrededor. Casi todas las luces estaban apagadas, solo alguna ventana tenía la persiana medio bajada. No había nadie en los balcones. Debajo de mí, plácida y solitaria, estaba la piscina comunitaria del bloque de enfrente. Tan cerca que cuando era pequeña no podía comprender por qué yo no podía bañarme allí. Con lo sencillo que hubiera sido extender un tobogán desde nuestra terraza hasta aquella agua sobre la que, ahora, se diluían las volutas de humo de mi cigarrillo.

50

Guim ordenó su dormitorio por primera vez tras el accidente cuando en Guttmann lo pasaron a régimen ambulatorio. Durante aquel año de hospitales, no había sido consciente de tener una habitación propia. Cuando había ido de permiso a Sant Cugat, lo habían instalado de manera provisional en el antiguo despacho, aquel cuarto pequeño del fondo del pasillo. Y el dormitorio del piso de Barcelona, a pesar de que iba todos los fines de semana, aún no lo sentía como propio.

Sus padres y Oriol se habían ocupado de la mudanza. Habían embalado su vida entera: la ropa, las revistas, las maquetas de motos, los dibujos, los rotuladores, las fotos. Después, las cajas habían quedado arrinconadas y amontonadas en la habitación que le habían asignado. Era la más amplia y accesible. Tenía espacio suficiente para moverse cómodamente alrededor de la cama articulada y margen de sobras para que la silla de ruedas girase. También había una ventana y un escritorio generoso.

Se puso a ordenarla una tarde, con su padre. Antes de abrir cada caja, Ferran le leía lo que habían escrito con rotulador permanente de color rojo. O negro. Luego, con un cúter grande, rasgaba la cinta de embalar para abrirla y Guim decidía. Qué hacer con aquello. Si todavía le servía. Dónde lo iba a guardar.

Puedo imaginármelo en el centro de aquella habitación, concentrado y cargado de paciencia, con las piernas y los brazos cruzados. Empezó a adoptar esa posición cuando decidió, contra la opinión de los fisios que lo trataban, quitarle los reposabrazos a la silla. Sin aquel soporte, cuando se quedaba quieto y no sabía qué hacer con los brazos, se inclinaba hacia delante, se agarraba con el interior del codo al puño de la silla para no caer, con el otro brazo atrapaba la pierna derecha por debajo de la rodilla, la alzaba y la cruzaba por encima de la izquierda. Acto seguido, doblaba el brazo derecho sobre la barriga, que con la lesión y la postura se había redondeado, apoyaba el otro codo sobre la mano derecha y con la izquierda se tocaba la barbilla.

De toda la ropa que tenía, solo pudo salvar las partes de arriba, y no todas: solamente las camisetas de algodón y los suéteres más anchos. Los pantalones y los zapatos no tuvieron ninguna oportunidad.

Metieron en una bolsa de basura los vaqueros, algunos viejos, otros casi nuevos, todos largos y estrechos y con aquel corte que Guim les hacía por la parte interior de la pernera para lograr el efecto de una falsa campana que ocultaba la bota. Después, añadieron las Martens y las deportivas, todas oscuras y con cordones. Ahora calzaba unas blancas, con velcro, de piel sintética, dos números grandes y lo suficientemente anchas para evitar heridas y llagas.

Quiso poner los libros de Tintín, Mafalda y Garfield en una estantería que no alcanzaba pero que quedaba a la vista. Junto a ellos, en hilera, las maquetas: treinta y cuatro motos, un coche y un casco dentro de sendas cajas de metacrilato que siempre colocaba en semibatería para poder contemplar la vista de tres cuartos, que es siempre la mejor perspectiva.

Las *Solo Moto* las apiló en un rincón del escritorio. Hacía meses que no las tocaba, pero quería tenerlas a mano. Igual que los lápices de colores, una gama extensa con la que podía plasmar cada matiz, cada tono, cada reflejo del chasis de cada moto que dibujaba.

Dentro de una carpeta A2 apoyada en el suelo quedaron los dibujos terminados, todos de antes del accidente.

Y en medio de la mesa, debajo de la ventana, frente a los lápices y junto a la pila de revistas, los folios en blanco. Listos. Listos para cuando él estuviera preparado para ponerse a dibujar otra vez.

51

No soy capaz de recordar la conversación que tuve con mis padres cuando fui a Valencia a finales de junio con la hoja de calificaciones del curso. Tampoco cómo demonios les justifiqué que el segundo semestre hubiera sido aún peor que el primero. Sabía que ellos, sobre todo mi padre, no entendería ni aceptaría que hubiera aprobado únicamente cinco asignaturas de dieciséis. Y menos con aquellas notas tan justas.

Sin embargo, no tengo un recuerdo traumático de aquel episodio y se me ocurre que tal vez ellos eran entonces más conscientes que yo de lo que me estaba pasando. De lo cuesta arriba que se me hacía gestionar el dinero, las comidas, la casa, la universidad, la limpieza, los amigos, los más que amigos, salir. La libertad. Compaginarlo todo. La hoja en blanco. La vida.

52

La rutina de Guim no cambió demasiado durante los meses que fue a Guttmann en régimen ambulatorio. Se despertaba algo más temprano, a las siete de la mañana, cuando llegaba el auxiliar que le ayudaba a levantarse y a vestirse.

Cuenta que aquel chico le caía bien. Trabajaba por las noches en los quirófanos de Urgencias del Hospital del Mar y cada mañana llegaba con una historia nueva sobre la guardia: suicidas frustrados y reincidentes, accidentes de tráfico con víctimas destrozadas por dentro, hombres que acudían de madrugada desesperados tras seis o siete horas intentando bajar una erección...

Al marcharse a su casa a dormir, después de más de doce horas trabajando, entre el hospital y la casa de Guim, lo dejaba en el portal. Allí, un coche adaptado lo recogía a las nueve. El taxista lo metía en el maletero, con silla y todo, lo ataba con correas como si fuera un paquete y cruzaba toda Barcelona hasta Guttmann.

A mediodía, Guim comía siempre con un grupo de pacientes ambulatorios. Uno de aquellos días, un hemipléjico se soltó. Que no aguantaba más, decía. Que tardaba más de media hora en vestirse cada mañana. Y que estaba desesperado.

El tipo era publicista. Cuarenta y pocos le calculaba. Una tarde había alargado en el trabajo y había tenido un derrame cerebral. Guim sospechaba que debía de haber tomado coca y que aquello había precipitado el ictus. Pero no estaba seguro. Le encontró la mujer de la limpieza tumbado en el suelo del baño poco después de que le ocurriera. Tuvo suerte. Mucha suerte. Porque de no haber pasado nadie por allí hasta el día siguiente, estaría muerto. De todos los que comían juntos, él era el único que no necesitaba silla de ruedas para moverse. Guim, el único tetrapléjico.

Nadie le respondió cuando se quejó. Continuaron comiendo en silencio y sin mirarle. Sin embargo, cuando se levantó y se marchó, renqueando, pero por su propio pie, los demás estallaron. Uno tras otro. Que qué se creía aquel tío. Que menudo imbécil, con la suerte que tenía de poder andar. Que si los había visto a ellos, todos en silla. Todos mucho peor que él.

Dice Guim que levantó la vista del yogur y la paseó por la mesa. Junto a él había un parapléjico con una lesión muy baja que iba a todos lados haciendo el caballito con la silla. Enfrente, una mujer de unos cincuenta que aquella mañana había empezado ya a hacer transferencias. Los otros, un doble amputado y un par más de parapléjicos, se pasaban el día comentando los pormenores de cada deporte adaptado que probaban, cada excursión, cada adaptación de coche.

Guim no se pudo contener. Levantó la voz por encima del resto y les dijo que allí cada uno tenía derecho a quejarse de lo suyo. Tanto él, que se había quedado tetra, como ellos y también el hemipléjico que no necesitaba silla de ruedas para moverse. Que lo que les había pasado era una putada. Una gran putada. Que la vida les había cambiado de golpe. A todos.

53

Mónica y yo habíamos hecho ya algún viajecillo relámpago. Tres o cuatro escapadas a Madrid de tres o cuatro días máximo si pillábamos un puente. Íbamos en tren y solíamos alojarnos en casa de una tía mía que vivía en Puente de Vallecas. Nos encantaba. Visitábamos museos, paseábamos por el centro y por el Retiro, nos acercábamos en uno u otro momento a la Cuesta de Moyano a comprar libros de viejo, luchábamos por tragarnos un bocata de calamares y nos perdíamos por los bares del barrio de Las Letras a escuchar jazz en vivo.

En realidad, poco importaba lo que hiciéramos o dejáramos de hacer, lo que viéramos o lo que comiéramos. Lo que nos gustaba era estar juntas y reírnos por cualquier idiotez. Entender cómo funcionaba el metro en otro lugar o cómo demonios había que pedir un cortado para que te lo sirvieran con el punto exacto de leche que querías. Pasear por aquella ciudad, agarradas del brazo como dos viejas, y aprender a sentirla como si fuera un poco nuestra.

Ese verano decidimos irnos de ruta por Girona. No pasaríamos más de una noche o dos en el mismo lugar y dormiríamos en hoteles pequeños y alojamientos rurales. No haríamos ninguna reserva previa. Improvisaríamos y, por si acaso, llevaríamos una tienda de campaña en el maletero. Rehuiríamos la costa y el turismo más cutre. Iríamos hacia el interior. Ella me prometió que se pondría las gafas y me haría de guía. Yo conduciría. Llegaríamos a un sitio y descubriríamos qué valía la pena ver y qué no. Nos dejaríamos sorprender. El Micra, Mónica y yo.

54

Una mañana el auxiliar apareció y le soltó que lo llevaba a la ducha. La primera reacción de Guim fue negarse. Cuando estaba ingresado en Guttmann lo duchaban una vez por semana, siempre por la tarde y siempre tumbado, en una camilla especial que podía mojarse. Luego, una vez en casa, sus padres mantuvieron la rutina y los domingos por la tarde su padre lo duchaba. El resto de los días se lavaba él, en la cama, como podía.

A pesar de su negativa, el auxiliar insistió. Le dijo que no tenía nada que ver empezar el día con una buena ducha. Que no tenía excusa. Que en el cuarto de baño había visto una silla de ducha estupenda, nueva a estrenar.

Después de aquella primera vez, Guim tuvo que reconocer que tenía razón. E instauraron la nueva rutina. Al principio el auxiliar lo hacía todo: desde pasarlo de la cama a la silla de ducha hasta vestirlo y dejarlo en la silla de calle. Poco a poco, sin embargo, Guim empezó a hacer algunas cosas solo. Aguantar el teléfono de la ducha. Enjabonarse. Aclararse. Secarse con una toalla. Peinarse. Afeitarse. Para afeitarse, aprovechaba el cierre de sus dedos en forma de garfio y movía la cara para compensar los requiebros que no podía hacer con la mano.

Dice que un día, mientras le supervisaba sentado en la taza del inodoro, el auxiliar no pudo evitar sorprenderse. Le juró que él, cuando se afeitaba, se hacía muchísimos más cortes en la cara.

55

—¿Puede saberse qué demonios te pasa a ti con los tíos, Clara?

Estábamos en Girona. Cenábamos en un restaurante de los que ahora estarían de moda, con muebles viejos, velas y vajilla que aparentaba ser antigua. Servían un menú degustación muy en la línea de Mónica. Hacía calor y habíamos pedido un vino blanco, bien frío.

—No te has dado cuenta, ¿verdad? Toda la tarde soportando tus tonterías en el bar. Miraditas por aquí, miraditas por allá —añadió con una mueca de asco—. Eráis tan ridículos. Tanto.

El camarero. Se refería al camarero. Delgado, pelo negro, con rastas. La piel muy curtida. Los brazos fuertes. Los hombros anchos bajo la camiseta de algodón gris y gastada. Mónica seguía:

—Te acostarías con él, ¿a que sí? A pesar de no conocerlo de nada.

Lo que más me había gustado habían sido sus ojos. Grandes y oscuros, con un brillo extraño cuando me miraba desde la barra. Fijamente. Sin cortarse un pelo. Mónica encendió un pitillo.

—No puedo entender qué es lo que se te pasa por la cabeza, Clara. Qué gracia le ves a todo esto.

Me quedé embobada, con la vista fija en las manos de Mónica, que le temblaban.

—No puedo evitarlo.

—Siempre se puede, Clara —resopló—. Aunque sea solo por respeto a los demás. Por respeto a mí.

No me atreví a replicar. No quería ofenderla. No quería decirle que no tenía ningún interés en evitarlo. Que me gustaba. Que me divertía. Y que no, que no se me había ocurrido que a ella pudiera hacerla sentir incómoda. Tampoco que su incomodidad pudiera ser un motivo para que yo dejase de hacer eso que tanto la molestaba.

—¿Y luego? —me increpó—. ¿Y luego qué?

¿Cómo luego?, pensé. Luego nada, claro. Luego no pasaba nada. Luego no quedaba nada.

56

Dice Guim que supone que sí, que Estel le gustaba. Que era una chica guapa y simpática y sobre todo la primera con la que trataba después de más de ocho meses. La conoció en el gimnasio a donde iba tres tardes en semana después de salir de Guttmann. A pesar del fracaso con Damià, Guim no había querido renunciar a las sesiones extra de rehabilitación. No se quitaba a Rachid de la cabeza, el tetra que había conseguido ser autónomo a base de horas y más horas de gimnasio en el Vall d'Hebron. Si algo le sobraba a él también eran horas.

Estel estaba en el último curso de carrera y hacía prácticas en el gimnasio. Debía de tener poco más o menos la misma edad de Guim. Se la asignaron, supone él, porque era joven. Le ayudaba con las pesas. Charlaban, se gastaban bromas y se tocaban. Sin quererlo. Porque la chica tenía que acercársele mucho para atarle y desatarle las correas.

Nunca se preguntó si ella le habría gustado antes del accidente. Tampoco si a ella él le gustaba, aunque fuera un poco. De hecho, no se preguntó nada. Sencillamente, el día que ella terminaba las prácticas, cuando fue a despedirse, le propuso que quedasen para tomar algo. Fue un impulso. Con la excusa de enseñarle sus dibujos.

Había vuelto a dibujar. Ya con los primeros bocetos se dio cuenta de que los lápices no le servirían. Había que apretar demasiado y él no podía. Se pasó a los rotuladores. Para poder plasmar todos los matices, compró muchos. Y tras un par de pruebas se puso con un dibujo en firme de una moto. Tardó casi un mes en terminarlo, pero le quedó muy bien. Se sintió satisfecho.

Aunque Estel no terminaba de creerse que Guim, con su lesión, pudiera dibujar bien, dudo que fuera solo la curiosidad lo que la empujó a aceptar la propuesta de verse fuera del gimnasio aquel sábado por la tarde. Se encontraron en una terraza de los Cines Diagonal y él le regaló el dibujo.

Dice que no entendió lo que pasó después. Que hubiera jurado que la tarde fue bien. Que se tomaron unas cañas, comieron cacahuetes, charlaron y se rieron. Incluso que flirtearon un poco. Ambos. Ella también. Luego, él le dio su número de teléfono y ella dijo que lo llamaría.

Pero no lo hizo. Nunca. Y Guim comprendió entonces que aquello, lo de las chicas, también costaría. Que sería arduo y largo. Muy largo.

57

Fue Rut la que se enteró de que habían salido unas plazas para ir de Erasmus a Venecia. El mismo día que colgaron el anuncio en el tablón de la facultad, ella llegó corriendo al bar con su falda de flores al viento, el programa del curso en la mano, una sonrisa radiante y un Clara, tía, esto no podemos perdérnoslo. Llegamos a principios de septiembre, un par de días antes de que empezasen las clases y en plena muestra de cine. El viaje fue largo, con escala de cuatro horas en Bruselas, *vaporetto* desde el aeropuerto de Mestre hasta la Piazza San Marco y lancha hasta la isla donde estaba nuestra diminuta universidad. A lo largo de todo el trayecto tuvimos que arrastrar bolsos, mochilas y maletas. En la Riva degli Schiavoni nos dedicamos a descansar cada pocos metros. Nos recuerdo sentadas cada una sobre nuestra maleta con un cigarrillo entre los dedos. Contemplábamos incrédulas un paisaje que en pocos días se convertiría en nuestro nuevo campus: los palacios y palacetes, las iglesias, las góndolas, *i vaporetti*, la Laguna, *le isole*, los turistas.

58

Justo un año después del accidente, la psicóloga del Instituto Guttmann les dijo a los padres de Guim que su hijo negaba la realidad. Había vuelto a ingresar para que le implantasen la bomba que solucionaría los problemas de espasmos. Gracias a la insistencia de su padre, que luchó para que la mutua pagara la intervención, que no el aparato, los dos años de espera se habían reducido a seis meses.

La operación había sido un éxito y había terminado de un plumazo con su gran problema: ya no tenía que estar atado, ya no había peligro de que se cayera. Ahora las puertas se abrían y Guim tenía todas las expectativas puestas en lo que avanzaría en adelante. Así que cuando, tras la revisión de medicina general y las pruebas de urología, la psicóloga empezó su entrevista preguntándole qué objetivos se planteaba para aquel segundo año de lesión, él le soltó su lista completa: vestirse sin ayuda, pasarse de la cama a la silla, de la silla a la cama y al coche, sacarse el carné de conducir, comprar un coche, adaptarlo, practicar algún deporte.

Ella le preguntó por la universidad.

Un mes antes, Guim había ido de visita a la escuela de Diseño en la que estudiaba antes del accidente. Ese curso comenzaría a impartirse un nuevo grado de Ingeniería Técnica en Diseño Industrial en el que todo se haría por ordenador. No tendría que preocuparse por nada. Aunque el edificio no estaba adaptado, a raíz de lo de Guim habían puesto plataformas salvaescaleras en algunos accesos. La directora los había guiado y su padre había empujado la silla por el mismo recorrido que él tendría que hacer todos los días para asistir a clase.

Al acordarse de la visita, en la consulta de la psicóloga de Guttmann, Guim se miró las manos. Igual que el día que había ido a la escuela, las tenía cerradas sobre las rodillas cruzadas. Los alumnos, chicos que no le conocían de nada, lo habían mirado con mal disimulada curiosidad y un deje de angustia. Le dijo a la psicóloga que no pensaba volver. No de momento. Que no le adaptaban el horario. Que si volvía a las clases no le quedaría tiempo para la rehabilitación. Y que la rehabilitación era su máxima prioridad para aquel segundo año.

Más tarde, tal vez al día siguiente, la psicóloga quiso hablar con los padres de Guim. Les contó que su hijo presentaba un cuadro evidente de negación de la realidad. Que había hablado con los médicos y que, según le decían, todas las cosas que Guim pretendía hacer eran, con su lesión, imposibles del todo.

59

En Venecia hacía mucho frío. Un frío húmedo e intenso que solo he sentido en aquella isla diminuta en medio de la Laguna. Durante el Erasmus, la mayoría de los estudiantes de la *isola*, Rut incluida, se marchaban los fines de semana a hacer turismo. Con la excusa de estar lejos de casa y tener la cuenta corriente de los padres disponible, cogían el tren y aprovechaban para visitar toda Italia y media Europa. Yo, que todavía me sentía culpable por haber terminado el curso anterior con tan malos resultados, no me atrevía a pedirles más dinero a los míos y me limité a un par de escapadas de ida y vuelta en el día. El resto de los fines de semana me quedé en Venecia.

Me levantaba pasado el mediodía y, puesto que los sábados y los domingos la *mensa*, el restaurante de la universidad, estaba cerrada, me iba a comer a la ciudad. Eso o cocinaba algo sencillo en la habitación con el camping gas de Rut. Aún me acuerdo de unos míticos espaguetis a la carbonara que preparó ella un finde que se quedó y del día que la humareda hizo disparar la alarma antiincendios.

Por las tardes, leía. Aprovechaba también para terminar algún trabajo. Fumaba. Contemplaba la niebla sobre la Laguna y las barcas que se aventuraban más allá de la Giudecca, hacia las islas de San Clemente y del Santo Spirito o quizás hacia el Lido. Y dormía. Dormía muchísimo. Una de aquellas noches de tanto dormir volví a soñar con el hermano de Guim. Era el mismo sueño, idéntico. El Zurich, el semáforo, la conversación. Guim que estaba tan bien, que andaba, que se alegraría tanto de verme, que estaba allí, a pocos metros de mí. Que se reía, feliz. Y yo que me quedaba quieta, que le contemplaba desde lejos, que no me atrevía a acercarme. Que sentía que no me lo merecía. Porque ahora ya no habían pasado tres meses, sino seis. Medio año. Medio año desde mi última huida.

60

Tres semanas después de ponerle la bomba, dos desde que había hablado con la psicóloga, la doctora de Guim pasó a verlo para darle el alta.

Guim quería pedirle que lo volvieran a incluir en el régimen ambulatorio. Llevaba ya varios días levantado de la cama y hacía vida casi normal. Había vuelto al gimnasio y en pocas sesiones había aprendido a ponerse y quitarse la camiseta sin ayuda. También había empezado a ensayar las transferencias desde la silla: se colocaba junto a la camilla del gimnasio, ligeramente en diagonal, apoyaba las manos en los aros de la silla y bloqueaba los codos atrás para, solo con la fuerza de sus brazos, pulsarse y levantar el culo. Eran apenas un par de milímetros, pero con eso podía ya empezar a arrastrarse, centímetro a centímetro, con múltiples paradas y arrancadas, hacia el final de la silla y el principio de la cama.

No necesitaba que nadie se lo dijera: él sabía que tenía el potencial y la constitución para lograrlo. Que le costaría y necesitaría tiempo, como Rachid. Pero que podía hacerlo. Que, a pesar de ser alto, estaba muy delgado y que eso significaba que tenía poco peso que levantar. Que él siempre había tenido mucha fuerza en los brazos y que ya de adolescente era el que aguantaba más tiempo en las barras paralelas.

Pero la doctora no quiso escucharle. Le dijo que su trabajo había terminado. Que estaba listo. Listo para escuchar el consejo de la psicóloga. Para contratar un asistente, matricularse de nuevo en la universidad, regresar al mundo. Que le daba el alta, le gustase o no. El alta definitiva.

Porque, según los libros y los casos de estudio, según la investigación, los artículos y la bibliografía, lo que a Guim le tocaba era asumir su nueva realidad. Retomar su vida fuera del hospital tal como era ahora.

61

Creo que fue Manel quien me dio el e-mail de Guim. A mí siempre me había gustado escribir cartas, pero tenía serios problemas para materializar su envío. Escribía larguísimas misivas a los amigos que tenía fuera, a los del pueblo. Llegaba incluso a meterlas dentro del sobre y a pegarles el sello, pero luego las perdía entre las páginas de un libro, en un rincón del escritorio. Y, puesto que lo había hecho todo excepto tirar la carta al buzón, de manera inconsciente creía que las había enviado. Y las olvidaba. Con el correo electrónico este problema se solucionaba con un simple clic. Se podían mandar correos cortos. O largos. Muy pensados y elaborados o fruto del impulso y la improvisación. Y siempre llegaban a su destinatario. Al instante.

No tengo ni idea de qué le conté a Guim en mi primer e-mail. Sin embargo, conociendo a la Clara que cumplió veinte años en una isla diminuta de la Laguna veneciana, puedo imaginarme que le soltaría un buen rollo. También que me debió de resultar muy sencillo, después de escribirlo, pinchar en el botón de enviar, apagar el ordenador y correr a clase o a cenar a la *mensa*. Sin mirar atrás. Sin saber ni preguntarme cuándo abriría él el correo. La cara que se le quedaría. Si se enfadaría o se alegraría de saber de mí. Lo envié con una honda sensación de satisfacción, pero también de salto al vacío. De lo hecho, hecho está y ya no puedo volverme atrás.

62

Aunque se enfadó mucho cuando le obligaron a coger el alta en Guttmann, dice que aquella fue una época muy, muy buena.

En el informe de alta leyó que le habían estado dando pastillas para la depresión sin decirle nada y decidió dejar de tomarlas. Estaba harto de que los demás tomasen decisiones por él. No volvió a tomar un ansiolítico ni un antidepresivo. Se negó a contratar a nadie que le hiciera de sombra durante las veinticuatro horas del día. Y se hizo a sí mismo un plan de rehabilitación intensiva.

Continuó yendo al gimnasio tres tardes en semana y añadió dos de prácticas de coche con un profesor de autoescuela lo suficientemente loco para aceptar a alguien con una lesión tan alta como la suya. Las mañanas las dedicaba a aquella lista que le había recitado a la psicóloga: la lista de las cosas imposibles.

Dice que podía invertir hasta tres horas en ponerse una zapatilla. Que tenía que sentarse en la cama aguantando el equilibrio, sin abdominales, tratando de no caer ni hacia delante ni hacia atrás; introducir la mano dentro de la deportiva; acercársela a la boca para desabrochar el velcro y, con precisión quirúrgica, dejar que el pie resbalase hacia dentro. Que se trataba más de no entorpecer que de hacer movimientos precisos. Y que muchas, muchísimas veces, se desequilibraba y se caía y que todo el tiempo y el esfuerzo que llevaba invertidos se iban a tomar viento. Que entonces se ponía a maldecir, a gritos. Y que su madre asomaba la cabeza asustada para ver qué le pasaba. Que él le respondía que nada, que nada, que la zapatilla. Y que seguía intentándolo.

Las deportivas tenían que ser grandes para poder ponérselas con más facilidad. Los pantalones también. Todo debía ser ancho y elástico y fácil. Todo se tenía que poder morder, estirar, alargar y maltratar. Porque él, con la boca, con las manos cerradas, con la barbilla, con la mejilla, con el hombro, con lo que podía, lo intentaba sin parar. Sin desfallecer. Durante horas y más horas. Cada día de cada día de cada día.

63

Contestó al correo. Y, después, aún debimos cruzarnos tres o cuatro e-mails más. No recuerdo qué me contaba él. Tampoco qué le respondía yo. Pero lo hicieron todo más fácil. Calmaron mi inquietud, el malestar por haber desaparecido durante tantos meses, y facilitaron el reencuentro. Porque quedamos en vernos. Cuando yo volviera de Venecia.

64

Guim encontró autoescuela antes de operarse. El profesor solo le había puesto una condición: que solucionara el tema de los espasmos. Así que en cuanto le pusieron la bomba, empezó con las clases.

Al principio lo acompañaba su padre, pero enseguida empezó a ir en taxi. Entre el taxista y el profesor lo metían en el coche y él disfrutaba como un crío durante la hora que duraba la práctica. Con la conversación con el profesor sobre futbol. Con aquel circular por la ciudad sin ir a ningún sitio en concreto, solo rodando y rodando. Con cada decisión que debía tomar: velocidad, distancia, dirección. Con el placer de tener un volante entre las manos y hacerlo girar. Con conducir.

Pero pronto terminó: porque aprobó el examen. Tras cuatro meses de prácticas y al segundo intento, aprobó. Y entonces empezó la verdadera odisea: conseguir un coche adaptado que fuera adecuado para él. Un coche al que pudiera subir sin ayuda de nadie. Uno que tuviera una dirección lo bastante suave como para poder girar el volante entero sin sufrir, más allá de un examen de media hora por un recorrido concreto. Un coche que le llevara a donde él quisiera. Un coche para un conductor con una lesión C5-C6.

Un coche que no existía.

65

El día que fui a verle después del Erasmus estaba tan nerviosa como el primer día que fui al Vall d'Hebron. Tuve que dar un par de vueltas con el coche para encontrar aparcamiento. Después, caminar una manzana y media, apagar el cigarrillo y entrar en el portal sin dejar de pensar qué fácil sería dar media vuelta y escaparme a aquella librería de viejo de la plaza Castilla que tenía pendiente desde que había vuelto de Italia. O a la nueva expo del CCCB. O a casa. A cualquier lado.

El ascensor chirriaba. Cuando llegó al sexto piso, se detuvo con brusquedad, en dos tiempos y con una sacudida entre la primera y la segunda parada. Abrí la puerta doble, salí al rellano, me colgué bien el bolso del hombro, tomé aire y llamé al timbre. Me abrió su madre, con una sonrisa de oreja a oreja.

Tuvimos la típica conversación de protocolo. Bien, bien, todo bien. Hace poco que volví de Venecia, de un Erasmus. Yo estaba tensa. Sí, claro, el cristal de Murano es precioso y la ciudad, una maravilla. La familia bien, gracias, en Valencia. La universidad también, tirando. Y mientras hablábamos, me condujo hasta una habitación al fondo del pasillo. Abrió la puerta, qué alegría verte, Clara, y volvió a cerrarla dejándome dentro.

Guim estaba en el centro del cuarto. Me esperaba. Iba afeitado y tenía un pequeño corte en el pómulo derecho. Estaba sentado en la silla de ruedas con las piernas y los brazos cruzados, la mano apoyada bajo la barbilla. Vestía un polar, pantalón de chándal, deportivas de tela de un amarillo chillón. Y una breve sonrisa. Muy discreta, muy contenida.

Me saludó con su ey, ¿qué pasa? Como siempre. Como si no hiciera nueve meses de la última vez. Dudé sobre si debía darle dos besos o no. Si él querría que se los diera. Si yo quería dárselos. Agacharme, inclinarme sobre él intentando que el bolso no se balanceara y le cayera encima. Tampoco la bufanda. Ni el abrigo, desabrochado. Acercarme a su cara sin poder evitar que alguna parte de mi cuerpo rozase el suyo. Poner una mejilla sobre la de él, acercar la comisura de los labios, sentir la leve punzada de la barba rasurada, el olor de su piel y el del *aftershave*, su respiración, el leve contacto de sus labios resecos. Acto seguido, cambiar al otro lado, evitar mirarle a los ojos desde tan cerca. Esquivar cualquier roce que no formara parte de la liturgia. Evitar, en cuestión de segundos, que aflorara cualquier tensión. Cualquier confusión.

Me quité el abrigo y lo dejé, junto con el bolso, sobre la cama. Era una cama articulada, metálica, parecida a las de los hospitales.

—¿Qué hacías?

—Dibujar.

El escritorio estaba al otro lado de la habitación y ocupaba casi toda la pared del fondo. No se parecía a los muebles que había visto en el comedor en mis anteriores visitas: era blanco, de conglomerado y estaba desportillado por las esquinas. Encima, colgadas de la pared, había unas cuantas estanterías, también sencillas, sobre las que había cómics y maquetas de motos. Reconocí el libro de Escher que le había llevado por su cumpleaños y una moto hecha con bujías que le había regalado cuando salíamos. También había una ventana con el marco de madera y la manija de latón. La luz entraba mortecina a través de ella y deduje que debía de dar a un patio interior. No había cortina y la persiana, subida, debía de estar desalineada porque se veía una de sus esquinas, solo una, torcida respecto de la línea recta del marco de la ventana.

Sobre la mesa había una pila de revistas, una carpeta grande y abierta con montones de dibujos y un folio colocado apaisado con uno a medio pintar. También un bote con lápices de colores y muchos rotuladores esparcidos por encima de toda la superficie del escritorio.

Nunca había visto rotuladores como aquellos. Eran gruesos, grandes y tenían un tapón en cada extremo. El dibujo era de una moto y se parecía mucho a otros dibujos de Guim que había visto antes del accidente.

—Te he traído algo —recordé.

Volví a la cama y revolví en mi bolso. Saqué un paquete pequeñito. Lo había envuelto aquella misma mañana con un resto de papel de regalo que tenía por casa. Se lo alargué. Gracias, me dijo, pero no hizo ningún ademán para agarrarlo.

—Tendrás que abrirlo tú.

Por supuesto, pensé. Le había dado muchas vueltas a qué regalarle, pero cuando vi los yoyós en aquella tienda de juguetes de madera cerca del puente de Rialto, lo tuve claro. Yo también me compré uno. El mío era verde, el suyo rojo. Cuando rasgué el papel, se le amplió la sonrisa y una chispa le bailó en los ojos.

—No es tan bueno como aquel que me diste tú, pero rueda bastante bien.

—¿Te regalé un yoyó?

—Uno naranja, sí.

No se lo dije, pero todavía lo conservaba. Era de plástico semitransparente. Profesional.

—¿Un Russell?

—Creo que no.

—¡El Spalding!

Sí, ese. También había sido él quien, una tarde de viernes, encerrados en su habitación de Sant Cugat, me había enseñado a usarlo. No tienes que levantar el brazo para moverlo, me había explicado. Los buenos yoyós solo necesitan un tirón leve. Suben solos.

Cogí el que le había traído de Venecia y lo hice rodar. El corazón me latía con fuerza en las sienes. Era muy consciente de que él, con los ojos entrecerrados, las piernas y los brazos cruzados, me observaba. Hice que el yoyó cayera del derecho y también del revés y conseguí hacerle dar una voltereta, algo desviada, pero completa. Nada, es solo un detalle, atajé. Enrollé la cuerda con prisas y lo dejé sobre el escritorio. Junto al dibujo.

Esa tarde no hui. Me marché de manera civilizada al cabo de una hora larga de haber llegado. Antes de despedirnos, otra vez con la liturgia de los besos en las mejillas, mientras me ponía el abrigo, me fijé en las cintas de casete junto a la minicadena.

—¿Te gusta Extremoduro?

Y me fui pensando que tenía la excusa perfecta para volver.

66

Guim y Manel eran amigos desde pequeños. Ambos vivían en Sant Cugat y habían ido a los mismos colegios, y a la misma clase, desde los ocho años hasta los dieciocho. Durante aquellos diez años habían cogido cada día el tren juntos, habían enviado a Sabadell a todas las señoras despistadas que les habían preguntado qué tren debían tomar para ir a Reina Elisenda, habían hecho los deberes tirados en el suelo del vagón, se habían sacado el carné de moto casi al mismo tiempo y habían pillado juntos las primeras borracheras. En COU incluso se habían puesto de acuerdo para dejar a la novia a un tiempo.

Sin embargo, los primeros meses de carrera los distanciaron: Manel empezó un ciclo formativo de Electrónica y Guim, Diseño. El accidente volvió a unirlos. El primer año, Manel fue cada semana a visitarlo y solo cuando Guim ingresó en Guttmann empezó a relajar un poco las visitas y a espaciarlas. A veces, por los exámenes, por el trabajo, por la vida, tardaba hasta un mes largo en volver. Pero siempre lo hacía.

Cuando Manel iba a verle, cogían una silla de ruedas vieja de Guim y salían a dar una vuelta: los dos en silla. El retorno de Zipi y Zape: uno con el pelo oscuro y la piel pálida, el otro rubio y con la piel morena, los dos en fila, a una. Cuando la acera se volvía complicada, bajaban a la calzada. Y hacían el imbécil. Manel especialmente. Levantaba las ruedas de delante, saltaba, chocaba con todo lo que se encontraba al paso. Hasta que, en un momento u otro del trayecto, se lucía con su mejor número: se detenía en plena calle y se ponía de pie. Era fundamental que hubiera público. Abandonaba la silla detrás de él, echaba a andar por la calzada con los brazos extendidos y gritaba milagro, milagro, es un milagro, mientras Guim se desternillaba de risa y los bienaventurados transeúntes de aquella acomodada zona de Barcelona los contemplaban estupefactos.

67

Después de Venecia tuve que ordenarme la vida. Como si estuviera ordenando un armario. Abrí el piso, lo limpié, llené la nevera y decidí de una maldita vez que me instalaba en la habitación grande. Hice los trámites de convalidación de asignaturas y pasé por la librería de la universidad a encargar libros, comprar libretas, un estuche nuevo, una agenda. Me reencontré con amigos, compañeros y conocidos. Con los de diario y con los de una vez cada tres meses. Me puse al día con la programación del Verdi y de la Filmoteca, repasé los estrenos que me había perdido, me escapé con Mónica al teatro, revisé si había algún concierto interesante a la vista.

En la mesa del salón instalé una gran tabla para hacer un puzle de diez mil piezas de la Capilla Sixtina que me había comprado en Italia. Cada noche, después de cenar en la mesa de la cocina y dejarlo todo limpio, me ponía un rato con el puzle mientras escuchaba la tertulia en la radio. En mi casa, en la de mis padres, la radio siempre ha hecho hogar y las tertulias, rutina. Decidí también que no bajaría la persiana de la habitación al acostarme. No me molestaban las luces nocturnas del barrio ni el ruido del camión de la basura justo bajo mi ventana. Así, por la mañana, el sol invadía la habitación y a mí me costaba menos despegarme las sábanas.

Regresé a las clases, a hacer trabajos, a recuperar asignaturas perdidas, a empezar las nuevas, a sacar alguna buena nota. Empecé a quedar y a salir otra vez, aunque ahora la casa ya no se me caía encima y no sentía la necesidad de alargar tanto el día.

Establecí un orden. El mío. Y acabé encontrándole el gustillo.

68

Cada mediodía, después de comer, Guim se tomaba un café en la galería. La lesión le había alterado el sistema parasimpático y hacía que no regulase bien la temperatura: en invierno se moría de frío y en verano, de calor. En los meses fríos, después de tomarse el café de un trago, se apoyaba con la silla en una pared libre y cerraba los ojos. Cinco, diez minutos, no más. Era su siesta. El descanso del guerrero.

Después, antes de irse al gimnasio, aprovechaba para hacer un rato de pesas en la habitación. Había pedido que le instalaran una reja con unas poleas. Ponía música a todo volumen en la minicadena, Extremoduro, Molotov; se colocaba de espaldas a la reja; agarraba los extremos de las poleas con las muñecas y se decía a sí mismo, vamos, Guim, hasta que termine el disco sin descansar ni una sola vez.

69

Mónica se cabreó como una mona cuando le contamos que Aleix y yo nos habíamos liado. Es lo que tienen los tríos, supongo. Que a veces ocurren cosas entre dos, cosas que no se pueden o no se quieren compartir con el tercero en discordia, y entonces hay algo, algún hilo, que se rompe. Antes de salir del armario, Aleix había tenido un montón de novias, pero nunca había llegado a acostarse con ninguna. Él tenía curiosidad y yo, además de estar muy a mano, no le hacía ascos. Empezamos dándonos un pico en los labios para saludarnos o despedirnos. También le pillamos el gusto a bailar pegados sin ningún pudor. Él sabía excitarme. Como quien aprieta los botones de un electrodoméstico. Una rodilla en la entrepierna. Un beso en el cuello. La lengua en el lóbulo de la oreja. Y yo respondía. Y le pedía más. Porque, llegados a cierto punto, a mí me daba todo igual y dejaba de pensar que Aleix era mi amigo gay y aquello solo un juego. Hasta que una noche que sus padres estaban fuera terminamos acostándonos.

Lo hicimos breve y sin preliminares. Él, después de correrse, fuera porque no teníamos condones, me dio un beso en la coronilla y se echó a dormir.

Al día siguiente me desperté desubicada. No era una sensación nueva, solía ocurrirme cuando pasaba la noche con alguien después de acostarnos. La luz de la mañana, implacable y nítida, me caía a plomo encima y yo no sabía cómo se suponía que debía actuar.

Aleix me llamó desde la cocina. Había preparado café y tostadas. Supongo que, mientras desayunábamos, yo dije algo que me delató porque él, con la ceja derecha arqueada y una sonrisa cálida y dulce, me hizo volver en mí:

—Clara, tú tienes claro que a mí me gustan los chicos, ¿verdad?

70

Donde más avanzaba Guim era en casa. Por las mañanas al vestirse y por las tardes con las pesas. Cada día lograba un nuevo hito. Puede que a ojos de cualquiera parecieran avances insignificantes, pero él sabía lo que implicaba para un tetra ponerse un calcetín sin ayuda o subirse del todo un pantalón.

Con tal de ahorrar tiempo y dinero, decidió dejar el gimnasio y hacer la fisio en casa. Muchos fisioterapeutas hacían también domicilios y encontró uno que podía ir dos tardes en semana. Lo movilizaba, le ayudaba a ponerse de pie con la silla de bipedestación, charlaban. Del futuro. De los proyectos de ambos. De la fuerza que Guim era consciente que tenía en algunos músculos y las maneras que se le ocurrían de sacarle provecho. De la Rabassada, que pensaba recorrer en cuanto tuviera coche propio. De cómo le gustaría tener algún cacharro que le permitiera volver a doblar, como con la moto. El fisio también hablaba. De su doble trabajo, del viaje que haría cuando hubiera ahorrado lo suficiente, de la autocaravana que se compraría en Estados Unidos, de la ruta que haría hasta Canadá. La sesión solía terminar con un masaje para deshacer los nudos de las contracturas que Guim se provocaba en las zonas que más machacaba: hombros, cuello, cervicales, parte alta de los antebrazos.

Luego, Guim le pedía que le acercara el talonario, que tenía guardado en uno de los cajones del escritorio, y un bolígrafo para firmarle el cheque. Escribía sobre su propio regazo, sentado en equilibrio sobre la cama mientras el fisio recogía y le observaba por el rabillo del ojo. A menudo le soltaba el mismo comentario. Era imposible que estuviera tanto rato así sentado si no tenía abdominales. Guim le alargaba el cheque, sonreía y lo negaba. Que no, que no. Que no los tenía. Ni abdominales, ni tríceps ni ningún otro músculo por debajo del nivel de la lesión. Lo que él tenía era habilidad. Equilibrio. Y un nivel altísimo de testarudez.

71

Como no teníamos ni idea de qué discos de Extremoduro tenía Guim, Rut los grabó todos. Y así la siguiente vez que fui a visitarlo lo hice con una bolsa repleta de cintas de casete rotuladas con la letra grande, generosa y redonda de Rut. Él, sin ni siquiera mirarlas, me dijo que las dejara sobre la mesa. Aquel día no vi folios, ni rotuladores, ni dibujos a medio terminar.

Me senté junto a la cama, en una silla plegable de madera que se abría demasiado y que tenía el respaldo muy inclinado hacia atrás. Le pregunté por Manel, por su hermano, por sus padres. Por él, no. No me atrevía. Si él no me contaba nada, yo entendía que era porque no quería hacerlo. Y empecé con mis temas: la uni, la última película que había visto, un viaje que había hecho a Donosti con Rut, la de las cintas... Cuando llevaba allí ya un buen rato, me excusé y me escapé al servicio.

El baño estaba en el pasillo. Había una ducha a ras de suelo con una silla de ruedas dentro. La silla tenía un agujero en el asiento. Sentada en la taza del inodoro, la contemplé. Era de Guim, claro. Tiré de la cadena y me lavé las manos. El espejo era un armario. Lo abrí. Había pocas cosas: un peine de púas como el que usaba mi abuelo, un vaso con un cepillo de dientes, una pasta dentífrica marca Colgate, azul (yo siempre he preferido la blanca), una maquinilla de afeitar manual, un bote de espuma, un botecito de *aftershave*. Abrí la loción. Olía a Guim.

Salí del baño sin hacer ruido. No quería romper aquel silencio. La puerta de la habitación estaba entreabierta y le vi, estaba de espaldas, inclinado sobre el escritorio. Quizás había abierto la bolsa y estaba mirando las cintas que le había llevado.

No quise volver todavía. Aquella habitación tan cerrada, él plantado ahí en medio, la silla plegable, tan incómoda, la conversación que no fluía. Me di la vuelta y me dirigí a la cocina, a por un vaso de agua.

—¿Te apetece un café?

No esperaba encontrarme con su madre. Después de abrirme la puerta, se había encerrado en su cuarto, en el otro extremo del pasillo. Dudé si aceptar. Lo mejor sería volver a la habitación. Guim se preguntaría por qué demonios tardaba tanto. Aunque tal vez no. Tal vez no se preguntase nada.

Acepté y me senté a la mesa de la cocina mientras ella lo preparaba. Poco a poco, mecido por los ruidos de la cocina y la charla de Candela, mi estómago se relajó. Ella se movía de un lado para otro. Del fregadero a los fogones, del armario de las tazas al del azúcar, del cajón de los cubiertos a la mesa. Se interesó por lo que yo estudiaba y me contó que cuando ella iba a la Autónoma se podía fumar dentro de las aulas. Los exámenes duraban tanto, hasta cinco horas, imagínatelo, que nos llevábamos la comida y nos la comíamos mientras los hacíamos.

Cuando volví a la habitación, Guim leía una revista. Disculpa, tu madre me ha ofrecido un café y... La bolsa con las cintas estaba intacta. Bueno, se me ha hecho tarde, he quedado ahora, a las siete. Y él, por cortesía, o por curiosidad, ¿con quién? Con Aleix. Aleix Vidal.

Fue como si le hubieran despertado de golpe. Me miró a los ojos por primera vez en toda la tarde. En la mirada y en los labios le bailaba una sonrisa burlona.

—¡Anda, Aleix Vidal! ¿Cómo le va? ¿Ha asumido ya que es gay?

Me dio tanto coraje el comentario. Tanto. Guim no conocía a Aleix. No sabía nada de él. De su vida. De sus problemas y de sus alegrías. De lo mal que lo había pasado. De lo que era ser diferente y de que te miren como a un bicho raro. De sentirte juzgado. ¿Sí o no?, insistió y a mí todavía me dio más rabia tener que darle la razón.

—¿Y qué?

—Nada, mujer, nada. Que vaya si ha tardado en aceptarlo. ¡Con lo que se le notaba en el colegio! Era un secreto a voces.

Que era un secreto a voces, decía. Tanto como que él era, y siempre había sido, un mezquino y un imbécil. Un cretino. Un sabelotodo engreído que se creía que estaba por encima de los demás. Así de secreto a voces.

72

Dos años después del accidente tuvo lugar el juicio. El juicio para valorar la culpa del conductor de la excavadora que había dejado a Guim tetrapléjico. Para valorar aquella culpa y traducirla en una cifra. Como si fuera posible traducir en una cifra lo que cuesta destrozarle la vida a un chico a punto de cumplir diecinueve años. Desde el accidente, el tema legal había quedado fuera del alcance de Guim. Su padre le contaba algunas cosas. Había hablado con un abogado que... El procurador pensaba... Un perito fue al lugar del accidente y se percató de... Estudiaron el accidente al dedillo. Las trayectorias, los ángulos de los caminos, el atestado policial, las declaraciones de todos los implicados. Decían que el motorista lo tenía crudo por el simple hecho de ser motorista. En su caso, cabía añadir que, por la razón que fuera, había iniciado un adelantamiento por la derecha. Sin embargo, el *quid* de la cuestión era que el conductor de la excavadora no los vio. Su desconocimiento era patente, en primer lugar, porque no había frenado, porque no llevaba retrovisores y porque él mismo se lo contó a la policía el mismo día del accidente. Gracias a aquella declaración, la versión de Guim, según la cual no estaba adelantando por la derecha, sino esquivando a la excavadora, se hacía verosímil y le lanzaba la culpa al otro.

Al juicio asistió mucha gente: Guim y Xènia, los padres de ambos, el abogado de Guim, el de Xènia, el de los padres de él, el de los padres de ella, el conductor de la excavadora, su abogado, el abogado de la compañía aseguradora de Guim, el de la gestora de la compañía aseguradora del de la excavadora, el juez y el resto del personal de la sala. Mientras toda aquella gente hablaba, por turnos, y se cumplía a rajatabla con unos protocolos y unas formas de actuación muy determinadas, Guim y Xènia permanecieron sentados en su sitio, callados, sin voz ni voto, con un único papel: mostrar su imagen de víctimas.

Cuenta que fue duro revivirlo todo de nuevo. También saber que iban a ir a por todas contra aquel hombre, que no dejaba de ser un tipo normal, con familia e hijos y un trabajo y una excavadora y un seguro con una compañía que había quebrado. Una vez estuviera listo el veredicto, si surgía algún problema con el cobro de la indemnización, irían contra su patrimonio personal. Porque aquel hombre normal, al volante de una excavadora sin retrovisor, se les había echado encima sin verlos.

Guim no dijo una palabra en todo el juicio. Nadie le preguntó y él no se planteó en ningún momento que pudiera ser de otro modo. Parecía que hubiera dos luchas paralelas e independientes: la suya gestionando su nueva vida y la de los abogados. Y él entendía que estos harían todo lo que estuviera en su mano por él. Porque ese era su cometido.

Varios meses después de haber concluido todas las declaraciones y testimonios, la presentación de documentos, los análisis periciales, la aportación de pruebas, informes médicos y vaticinios futuros sobre las secuelas que les habían quedado a ambos, el juez dictó sentencia. Al hacerlo quiso ser salomónico. Eso es lo que dice Guim, que no quiso echarle al otro toda la culpa y que él, por motorista, ya era sospechoso de algo. Le adjudicó el veinte por ciento. Por si acaso. Al conductor de la excavadora, el ochenta. La suma de la indemnización se detalló a partir de ese veredicto. La cifra final sería el ochenta por ciento de lo que pedían los abogados más una rebaja extra que hizo el juez en el último momento porque sí, sin justificación, porque le vino en gana. Una cifra se calculaba a partir de la tarificación oficial de cada una de las secuelas: las físicas y las psicológicas, los daños morales, el perjuicio moral por pérdida de calidad de vida, el perjuicio estético, los daños morales complementarios al perjuicio estético, los gastos sanitarios futuros y el lucro cesante, que es todo aquello que el damnificado dejará de obtener en la vida precisamente por la retahíla anterior de perjuicios y secuelas.

Una cifra insuficiente. Una cifra que no podían asegurar que llegasen a cobrar. Una cifra que pretendía compensar no solamente todo lo que Guim había perdido, sino también todo lo que había perdido antes de conseguirlo. La cifra.

73

Éric me ponía a cien. Y el coraje me carcomía. Porque era un hijo de puta. Y además se le notaba a la legua que lo era. Le conocí en la universidad. Aunque estudiaba Historia, no se parecía en nada al típico estudiante de Letras. Al menos no a mi estudiante típico de Letras. Era muy moreno, de pelo, de ojos, de todo. Y pijillo, de los de camisa bien planchada, vaqueros impolutos y zapatillas náuticas. Delgado, no tan alto como Guim, pero tampoco bajo. De los que nunca se escaquean de ir a clase, ni fuman porros en horas lectivas, ni se saltan un examen. Limpio, pulcro, con apariencia de buen chico.

No me acuerdo de cómo le conocí ni de cómo terminamos juntos en la cama la primera vez, pero sí sé que lo nuestro fue rápido y reincidente. En total duró unos tres o cuatro meses. Algo más de una primavera.

Éric jugaba al futbol y se le notaba: estaba fuerte y tenía un culo perfecto. Esta era la parte buena del futbol. La mala era la gente que frecuentaba: chicos como él, pero también hombres mayores, de más de treinta y de más de cuarenta, que los apadrinaban y les enseñaban orgullosos lo que debían saber sobre el futbol y también sobre la vida. Éric hablaba de ellos como si fueran dioses. Grandes modelos a seguir. A mí me parecían cerdos de manual. Cerdos que solo pensaban en follar. Y no era que follar estuviera mal, por supuesto que no. Lo asqueroso de aquellos tíos era el concepto que tenían de las mujeres. Su clasificación era muy simple: estaban las mujeres para casarse y las putas para follárselas. Y aunque yo a Éric me lo tiraba porque a mí me daba la gana, huelga decir en qué casilla me había puesto él a mí.

En la facultad fingíamos que nos conocíamos solo de vista. Él tenía novia, una novia formal y oficial que llevaba camisones de raso y no trapillos del mercadillo como los míos. Yo, por mi parte, me hubiera avergonzado si lo hubiera llevado a algún sitio. No podía ni imaginarme la cara que se les quedaría a Mónica o a Rut o a Aleix frente a cualquiera de sus salidas de tono. Porque a mí solo me gustaban dos cosas de él: su cuerpo y que me follara.

Hacia final de curso fui una noche a su casa. Yo andaba por el centro, con Aleix, cuando me llegó un mensaje de Éric con una dirección cerca de plaza de España. Aleix, que por un buen polvo hacía lo que fuera, me despidió con un pico y un guiño en plaza de la Universidad y yo cogí el metro.

El piso me recordó muchísimo al de mi abuela: pequeño, pasado de moda, abarrotado de trastos. Su habitación se parecía a la que tenía Guim de adolescente: larga y estrecha, con una cama nido, un escritorio y una estantería con libros, revistas y figuritas. De las paredes colgaban un póster del Barça y otro, casero, del grupo de futbol del que siempre me hablaba.

Lo hicimos en la cama y al terminar, sudados y tumbados uno junto a otra, a él no se le ocurrió otra cosa que criticar mis pies.

—¡Qué feo quedan las uñas pintadas! —dijo—. ¡Son tan vulgares!

Siempre, siempre después de acostarme con quien fuera, incluso con Guim, a mí se me quedaba en la barriga una sensación parecida al vacío. Algo así como una soledad física, como una amputación. Un sentirme sola abrazada a alguien. La ausencia de algo que en realidad nunca has tenido pero que antes ocupaba el deseo. Sin embargo, aquel día, por primera vez, me sentí también sucia. Sucia y absurda.

Volví caminando al centro, donde tenía aparcado el coche, y, mientras andaba por la mediana de la Gran Vía, me dediqué a contemplarme los pies. Me encantaba el contraste del esmalte rojo sobre las sandalias naranjas. Me gustaba a rabiar. Entonces fue cuando comprendí que no necesitaba aquello. Que no necesitaba a Éric. Que estaba buenísimo, sí. Que follaba bien, también. Pero que yo ya había tenido bastante. Y aunque durante algunos meses continué recreando la imagen de nuestros cuerpos sudados contra la pared de mi habitación, nunca más le respondí un mensaje, ni volví a dirigirle la palabra. Tampoco le devolví la mirada mientras él me buscaba por los pasillos y las aulas de la universidad.

74

Dice Guim que a menudo, cuando se metía en la cama por la noche, mientras se adormecía de a poco, se veía cayendo de un tren en marcha. El resto de los pasajeros eran todos gente conocida: colegas, amigos, antiguos compañeros, exnovias. Él corría y corría para darles alcance. Para volver a subir al tren. Pero no lo lograba. Los otros lo miraban. Desde arriba. Lo miraban y basta. Nadie saltaba. Nadie le tendía la mano para ayudarlo a subir.

Y el tren, al cabo, terminaba alejándose de él.

75

Tardé meses en comprender el significado de la mirada de Guim cuando nos veíamos. Y lo hice gracias a un taller de cuentacuentos al que me apunté un poco por curiosidad y un poco porque siempre me había atraído contar historias. En aquel primer taller aprendí muchas cosas: a moverme, a expresarme, a hablar desde mi propia verdad, a lograr verosimilitud, a modular la voz. Pero sobre todo aprendí a mirar: a pasear la vista por el auditorio y a detenerme en el rostro y en los ojos del público, desde la persona que se sentaba al fondo del auditorio hasta la que estaba en primera fila. Les miraba uno a uno, a los ojos, y establecía con ellos una conexión.

Un día, en una de las sesiones que hicimos con público, me topé con la mirada gélida de un chico. Era alto y estaba sentado en el centro de la sala. Destacaba tanto que me resultaba prácticamente imposible ignorarle. Una y otra vez me encontraba con su mirada y era de lo más frustrante. Me miraba como si yo fuera transparente. Como si fuera impermeable a lo que decía.

Lo intenté todo: poner más énfasis en mis palabras, agudizar las bromas para hacerlas más graciosas, forzar la tensión cuando la trama así lo pedía, acelerar el ritmo, ralentizarlo... Pero no logré nada. Aquel tipo era frío como un témpano de hielo. Y lo peor de todo fue que ninguno de mis compañeros lo notó. Solo yo.

Más tarde, cuando la sesión hacía ya rato que había terminado y estábamos tomando algo, alguien habló sobre aquel chico. Era la pareja de alguien, sueco, y no entendía ni jota de catalán. Castellano sí, un poco. Yo había sido la única que había contado en catalán esa noche.

Así era como me miraba Guim. Como alguien que oye un discurso en una lengua extranjera, ajena e indescifrable.

76

Una tarde de mucho calor, Guim paró de hacer pesas para ir al baño a remojarse. Dice que iba sin camiseta. En aquella época, cuando se duchaba, se secaba dentro de la ducha y al salir iba siempre envuelto en la toalla. Hacía meses que no se veía desnudo en un espejo y aquel día se quedó de piedra: tenía el pecho hundido y la típica barriga redondeada de tetra, pero el cuello y los hombros parecían de otra persona. Se habían ensanchado e hinchado como los músculos de un levantador de pesos.

En aquel momento, justo cuando estaba mirándose, entró su hermano en el baño y Guim le enseñó su descubrimiento. Oriol abrió los ojos como platos ante el reflejo de las espaldas de Guim y le dijo que se parecía a Goku. Al puto Goku, chaval. El superguerrero que supera la fuerza del superguerrero que supera la fuerza del superguerrero.

El supertetra.

77

Cuando Mónica me contó que se había liado con Pep Mestre, el del colegio, me dejó fuera de juego.

—Estuvimos jugando a *yo nunca*, ¿sabes?

Yo sabía, claro. Pero, aun así, me parecía increíble que, con los ascos que les hacía Mónica a mis escarceos, ahora fuera ella, doña sensata, la que se prestara a semejantes jueguecitos. Enrollarse así, unos con otros, en plan hippie. Menuda era la panda de monitores del club excursionista que frecuentaban Mónica y Pep. Muy guais, muy profundos, muy colegas todos, muy extrovertidos y muy de jugar a *yo nunca*.

Durante los siguientes cuarenta minutos me dediqué a enumerar, uno por uno, todos los argumentos por los que aquella historia no podía pasar de anécdota sexual festiva sin mayor trascendencia. Pep no es tu tipo. Ni siquiera es guapo. Simpático sí. Para un rato. Y buen tipo. Pero no te pega nada. No es de tu estilo. Para nada. Y ella, sí, sí, en realidad no tiene ningún sentido. El jueves, después de la reunión de monitores, hablaré con él. Le diré que nada, que eso, que lo que pasó no fue nada. Y ya está.

En ningún momento me di cuenta de lo que escondía la expresión de Mónica. De la sonrisa azorada que se le dibujaba cuando recordaba lo que había ocurrido entre ellos. Del ligero temblor en los labios cuando me daba la razón. De aquel brillo en su mirada.

Porque yo no podía imaginar que Mónica, mi Mónica, un día se enamoraría de alguien, fuera quien fuera, y yo tendría que empezar a compartirla. Además de que ella, cuando lo hiciera, lo haría a lo bestia. Que lo suyo no sería un rollete de poca monta, sino una relación formal, de pareja. De las serias. De las de verse los domingos por la tarde y presentar a los padres. De las de compartir sueños y viajes y cines y planes. De las de hacerse regalos sorpresa para los cumpleaños y en fechas señaladas. De las de casarse, o juntarse, y tener hijos y compartir proyectos, y una vida y un futuro. De las que a veces dan tanta envidia. De las que no necesitan para nada a una mejor amiga entrometida y carabinera.

78

Dice que cuando tuvo el accidente no tenía dolor. Ningún tipo de dolor. También que es capaz de recordar el momento exacto en el que lo sintió por primera vez. Que fue una mañana, en el gimnasio, en las barras paralelas. Llevaba bitutores en las piernas y se sostenía en pie a fuerza de brazos. Aquel día, sin embargo, al arquear la espalda para mantener el equilibrio, se pasó de la raya. Un pinchazo agudo y punzante le atravesó las lumbares. Un dolor terrible, recuerda. A partir de ese fueron apareciendo más dolores que pasaron a engrosar un catálogo cada vez más extenso. En los brazos. En las cervicales. Dolores por debajo del nivel de la lesión que tenían un foco localizado, pero que se distorsionaban y se ampliaban en un dolor que nunca podía saberse qué tenía de verídico y qué de anomalía. Dolor real, visceral, psicosomático, neuropático. Tanto daba el apellido que le pusieran, el dolor estaba ahí. Y dolía. En la vejiga. En los riñones. En las caderas. En el intestino. En la espalda. En los hombros. En la axila. En la zona donde llevaba implantada la bomba. En el culo. En el pie.

Quemazón. Pinchazos. Descargas eléctricas. Presión. Dolor. Dolor. Dolor.

79

Volví a soñar muchas veces más el encuentro con el hermano de Guim. Lo más habitual era que lo soñara cuando hacía ya tiempo que no lo llamaba o que no iba a verlo. Y el sueño era siempre el mismo: me encontraba con Oriol en el paso de cebra frente al Zurich, nos parábamos a hablar, me contaba que había vuelto a caminar. Está tan feliz, me decía. Ven. Le encantará verte. Entonces yo veía a Guim y se me revolvía el estómago con aquella mezcla de miedo y de culpa y no me movía.

Hasta que, una de las veces en que volví a soñarlo, el sueño continuó después de aquel punto muerto. Yo me atrevía a ir hasta donde estaba Guim. Lo saludaba. Charlábamos. Nos reíamos. Él no me tenía rencor. Yo me relajaba. Y volvíamos. Volvíamos a salir juntos.

Así de fácil.

80

Poco a poco, Guim fue tachando cosas de la lista de imposibles que se había propuesto cuando le dieron el alta en Guttmann. Vestirse. Ducharse. Dibujar. A base de mucho entrenamiento y mucha tenacidad, consiguió ir solo por la calle. Se había sacado el carné de conducir y estaba en camino de adaptarse un coche. Y cuando llegó junio otra vez y, con él, el periodo de matriculación para los cursos que empezaban en septiembre, ya no le quedaban excusas para no retomar los estudios.

La sola idea de volver a la escuela de Diseño se le hacía un mundo. En primer lugar, necesitaría que alguien lo llevase hasta allí cada día. Una vez en el edificio, para moverse por allí dentro tendría que dar grandes rodeos y montar el numerito del salvaescaleras para llegar a cámara lenta hasta el aula, repleta de estudiantes recién salidos del instituto que no lo conocerían de nada. Que no tendrían ni la más remota idea de que dos años antes él se había paseado por aquellos pasillos con el pelo teñido de colores y que un día, saltándose una clase, se había pegado una hostia con la moto y se había quedado tetrapléjico. Ya en el pupitre, necesitaría que alguien le sacase el portátil de la mochila, que conectara el cable y el ratón, que le recogieran cualquier cosa que pudiera caérsele al suelo. A mediodía, tendrían que llevarle la bandeja de la comida y cortarle la carne. Y, al final del día, alguien debería recogerle en la puerta de la facultad y devolverlo a casa.

No. Allí no podía volver. Tampoco empezar en otra universidad presencial. La única salida que le veía al tema era estudiar a distancia. Si no podía ser Diseño, pues otra cosa. Lo que fuera, pero desde casa.

81

Tres años después de que mi familia se marchase a vivir a Valencia, volvieron a trasladar a mi padre: los mismos tipos que le habían enviado allí decidieron devolverlo a Barcelona. Poco les importó que mi madre estuviera ya a gusto en Valencia y que después de veinte años como ama de casa se planteara arrancar un proyecto. Tampoco que mi hermano hubiera vuelto con la novia y que ambos hubieran escogido carrera y universidad para el curso siguiente. Menos aún que yo hubiera conseguido vivir sola, llevar la casa, sacarme el curso y hacer más o menos lo que quería. En esa ocasión quien pasó a vivir solo fue Sergi. Tenía tanto derecho a quedarse en Valencia como había tenido yo a quedarme en Barcelona hacía tres años. Y a mí, que aún no tenía ingresos para independizarme y pagarme un piso o una habitación, no me quedó otra que volver con mis padres.

El piso en el que yo había estado viviendo y que había sido el nuestro antes del traslado, ya no les bastaba. Les parecía demasiado pequeño. Lo vendieron y compraron una casa. Me adjudicaron una habitación bonita y grande. Tenía bastantes estanterías, un armario inmenso, un escritorio amplio y un balcón que daba al jardín. Pero no dejaba de ser una habitación. Una única habitación en la que se suponía que tenía que meter mi vida entera. La mayoría de mis cosas no llegué ni a sacarlas de las cajas, quedaron apiladas en un rincón del garaje. Tenía previsto irme a vivir sola pronto. La cajita con los recuerdos de Guim, sin embargo, estaba entre lo que sí desembalé.

Hacía mucho que no la abría, pero no me quería separar de ella. Era una caja pequeña, de cartón duro y color vino. Juraría que en origen había sido el embalaje de un cinturón de mi padre. Imitaba un antiguo archivador y tenía la medida justa para que cupiera todo lo que me quedaba de Guim: algunos billetes de ferrocarriles de mis viajes de ida y vuelta a Sant Cugat; entradas de cine; una de la única vez que fuimos al teatro; el billete de autobús de cuando fui a Zaragoza con unas amigas y volví un día antes de lo que les dije a mis padres para poder pasar una noche con Guim; un predictor con un resultado negativo; una foto suya, la única que tenía, tirado sobre la nieve con la tabla de *snow* al lado y unas gafas de sol enormes que reflejaban las montañas, y aquella carta que me había enviado desde Cadaqués hacía ya tanto. La que tenía impresa la ilustración de una isla caribeña en la que a él le habría gustado estar conmigo.

La carta.

82

Cuenta Guim que una tarde le pidió a su hermano que lo acompañase a la peluquería. Su madre había localizado una en el barrio, cerquita de casa, y Guim había empezado a ir allí también. Era accesible con la silla de ruedas y la peluquera, muy simpática, una de esas mujeres que hablan por los codos y no tienen pelos en la lengua. Cuando iban hacia allí, Oriol le preguntó qué tal lo hacían. Su hermano era presumido, pero poco atrevido. Cuando se compraba ropa escogía prendas oscuras y sobrias. Después, en casa, revolvía el armario de Guim y le pedía siempre prestadas las camisetas menos discretas, las de colores chillones que él nunca se habría comprado. Esa mañana, en aquel local pequeño, con dos mujeres con rulos en la cabeza, pilas de revistas del corazón y la radio de fondo, observó con atención cómo le cortaban el pelo a Guim. Cómo la peluquera se lo mojaba con un pulverizador porque él no podía sentarse en los asientos de los lavacabezas. Cómo le pasaba la máquina por los costados y la tijera por la parte de arriba. Cómo se reía de la mata de pelo que tenía, aquel pelo de perro, como ella lo llamaba.

Sin embargo, cuando Guim ya estuvo listo y Oriol se animó a dejarse cortar, la cosa se torció. Desde el principio le desagradó todo lo que hacía la chica. Aguantó estoicamente, sin decir nada, por educación, pero cuando ella miraba hacia otro lado, le regalaba a Guim una retahíla de muecas que iban del pánico al máximo enojo. Luego, de camino a casa, se desahogó sin tapujos mientras se miraba en el reflejo de los escaparates y las ventanillas de los coches. Que menudo desastre. Que qué catástrofe. Que aquello no podría arreglarlo ni metiendo la cabeza bajo el grifo de la ducha. Que no tenía remedio.

Guim no pudo evitar reírse y pensar que Oriol era un neuras. Que solo era pelo. Cuando él iba a la universidad se lo teñía en casa. Lo llevó negro, amarillo y verde. Después del verde había tenido que decolorarse para poder darse un baño de color castaño claro. En el Vall d'Hebron el color había empalidecido poco a poco, lavado a lavado, mientras el cabello continuaba creciendo. El resultado había sido un despropósito de puntas decoloradas con restos sutiles de los colores anteriores y el nacimiento de su color castaño oscuro original. Arrastró aquel panorama durante meses. Más adelante, cuando ya lo tenía igualado y empezó a ir a casa los fines de semana, reincidió: le pidió ayuda a Manel y se tiñó de nuevo de negro.

Esa era la gracia del pelo. Que podías hacer lo que te viniera en gana con él. Podías jugártela y equivocarte y siempre tenía remedio. Lo cortabas, lo teñías, pero crecía, volvía a nacer, se regeneraba. Sin tara alguna. Como nuevo. Incluso después de muerto, el pelo seguía creciendo. Como por arte de magia.

No ocurría así con otras fibras. Con otras células. Con la médula.

83

Aleix terminó Turismo y se marchó a Nueva York a trabajar, a un hotel junto a Central Park. Y yo me acostumbré a
escribirle a diario, por la noche, antes de acostarme.
Me gustaba hacerlo cuando salía y volvía a casa de madrugada. Subía al despacho con un café soluble, frío y
en vaso, como en la época en que me quedaba a dormir en
casa de Mónica. Cerraba la puerta para no despertar a mis
padres, abría la ventana para fumarme un cigarrillo y encendía el ordenador.
Aquellos e-mails a Aleix eran lo más parecido a escribir
un diario que jamás hice. Mucho mejor que un diario, en
realidad, porque sabía que unas cuantas horas más tarde
tendría respuesta. Aleix se despertaba cuando yo acababa
de dormirme. Aún en pijama y también con un café en las
manos, me leía y acto seguido se ponía a escribirme sus
propias aventuras. Los malentendidos con sus compañeros de piso. Las proposiciones indecentes de los clientes
del hotel que bajaban a recepción en plena noche para ti-
rarle los trastos. Las excusas que se inventaban otros para
hacerlo subir a la habitación.
Qué suerte teníamos. De tenernos al otro lado.

84

A medida que Guim ganó autonomía, sus padres empezaron a dejarlos solos, a él y a su hermano, los fines de semana. Aquellos días sin padres, ellos, para hacerlo fácil, invitaban a sus colegas al piso. Estaban solos: podían hacer lo que quisieran. Ocupaban el sofá del salón, bebían cerveza y esparcían sobre la mesa de centro el hachís, el papel, el tabaco y, de vez en cuando, la coca. Discutían sobre política, sobre futbol, sobre grandes premios y sobre la Super Bowl. Las tertulias, alegres y relajadas, se alargaban hasta bien avanzada la madrugada.

Después de esas veladas, Guim se metía en la cama cuando el día ya despuntaba. Entre las láminas de la vieja y torcida persiana de la habitación se colaban los rayos del sol. El síndrome de los pies inquietos que tenía antes de la lesión se había convertido en un síndrome de los hombros inquietos que le hacía revolverse y recolocar continuamente la ropa y las almohadas. Cuando lograba encontrar la postura, cerraba los ojos y trataba de concentrarse en la nueva semana. En las sesiones con el fisio, los cafés en la galería, las conversaciones con su padre, las posibles e inconcretas adaptaciones del coche, los cordones de aquellas zapatillas nuevas que todavía no conseguía atar.

85

En muchas ocasiones, después de ir a verle, pensaba que no volvería. Que aquella vez era la última. Hasta que llegó un día que sí que fue el último: la tarde que salimos y él me habló de Xènia.

Era sábado. Llegué a su casa sobre las cinco y el portero no estaba. Toqué al timbre. No subas, me dijeron, alguien, desde arriba, ya baja él. Mientras esperaba, me encendí un pitillo. Tardó cinco minutos. Le acompañaba su padre, que le abrió la puerta del portal, me saludó y se volvió para casa enseguida.

—Vamos a tomar algo —me dijo Guim.

Puede que fueran un par de manzanas de trayecto solamente, pero a mí se me hizo eterno. Él iba muy despacio. Le daba a la silla con las manos metidas en una especie de pivotes que llevaban las ruedas y yo tenía que detenerme constantemente a esperarle. A cada paso sentía la tentación de agarrar los puños de la silla para empujarlo y así avanzar más rápido. Pero no sabía si era eso lo que se suponía que yo debía hacer. Él no me lo había pedido y yo no sabía si era por pudor o por vergüenza, porque no quería o porque no lo necesitaba. Me sentía incapaz de descifrar lo que a él se le pasaba por la cabeza. No me miraba. Llevaba la vista baja, siempre enfocada en el suelo, y me respondía con monosílabos. No hice nada. No me atreví. Continué mirando al frente, respiré hondo y seguí modulando el paso para adaptarlo al suyo.

Llegamos a los Cines Diagonal y nos sentamos en la terraza de una cervecería. Él pidió una caña. Yo, un cortado. Fue entonces cuando me sacó el tema de Xènia.

—¿Aún viene? —le pregunté.

No sabía nada de ella desde que me la había cruzado en el Vall d'Hebron.

—De vez en cuando.

Desde el día que Guim me había dicho que habían cortado porque él no tenía tiempo para tonterías.

—No sé por qué lo hace.

—¿Hacer qué?

—Venir. Ni siquiera me cae bien.

—Joder, Guim.

—La tía viene y me suelta su rollo. Que si la universidad. Que si las prácticas. Que si su novio. Como si a mí me interesara su...

Se detuvo un segundo. No me miraba a la cara. Enfocaba más lejos, por detrás de mí, hacia los grupos de adolescentes que se encontraban y reían y mataban el tiempo antes de entrar a la sesión de tarde del cine. Tomé un sorbo del cortado.

—... vida —escupió—. No tenemos nada en común.

Pensé que ella debía de tenerle cariño. Por lo que habían vivido juntos. Que tal vez se preocupaba por él y quería saber cómo le iba. Aunque solo fuera por cortesía. Pero no se lo dije. No me dio pie.

—No viene por mí, ¿sabes? Viene por ella. Viene a hacer terapia, a mi costa.

—Cómo te pasas, Guim.

Me salió del alma y fue como si hubiera accionado un resorte porque él me miró gélido. Enojado.

—Ella está bien. *Muy bien*. La han operado un par de veces, lleva unos clavos en una pierna, perdió un curso. Pero ya está. Eso es todo. Ahora lleva una vida normal. Totalmente normal. —Y con las mandíbulas apretadas, con el tono aún más frío y masticando las palabras, añadió—: Si tiene un trauma, y lo tiene, que lo supere. Y que le aproveche. En cualquier caso, ya no es mi problema.

Guim tenía razón. El trauma era nuestro. De Xènia. Mío. Y teníamos que superarlo solitas.

86

Guim estaba ávido de trastos. De cacharros. Las ruedas, las bielas, los manillares y los hierros en general le gustaban desde que tenía uso de razón. Había montado en bici hasta que había podido subirse a una moto. Le gustaba la mecánica y visualizaba los objetos en partes, piezas, rodamientos y engranajes.

En aquella época, con Internet que apenas arrancaba y había muy poca información aún en la red, le pedía a su padre que le consiguiera catálogos de sillas de ruedas. Ferran, cada vez que pasaba por una ortopedia, entraba a pedirlos.

Un día, entre la pila de papeles, folletos y listas de precios que le traía, Guim reconoció una hoja de pedido de la silla que tanto le había gustado cuando había ido a la ortopedia a encargar la suya. Aquella que era tan activa y bonita, con aquel diseño tan especial, el sistema de plegado revolucionario, el chasis abierto en forma de L. La que era imposible que un tetra tan tetra como él usara jamás.

No tardó mucho en descifrar aquel formulario tan espeso y en comprender que aquella silla sí que podía configurarse para alguien con su lesión. Que solo hacía falta echarle ganas. Analizó las opciones y los accesorios posibles. Con ayuda de su padre, se midió. Rellenó la hoja y se fue con el trabajo hecho a otra ortopedia a encargarla.

Dice Guim que cuando seis semanas más tarde recogió aquella silla y salió de la tienda con ella bajo el culo, sintió la misma emoción, idéntica, que cuando estrenaba una moto.

87

De Samuel me enamoré del todo. Como de Guim. Hasta el tuétano.

Lo conocí por casualidad, en una reunión de delegados de la facultad. Él estudiaba Antropología y no coincidíamos en ninguna clase. Tampoco era de los habituales en las escaleras de la hemeroteca o en el árbol frente al quiosco. Después de aquel primer encuentro, hice todo lo posible por encontrármelo. Dejé de almorzar junto al árbol y empecé a dejarme caer por el bar entre clase y clase.

Me encantaba. Me gustaba mucho. La manera que tenía de gesticular cuando hablaba, cómo abría las manos y alargaba aquellos dedos largos y delgados. Cómo sostenía el cigarrillo con tres de ellos y cómo dibujaba una O con los labios cuando soltaba el humo. Y, sobre todo, cómo me miraba. Porque Samuel también me miraba.

No conseguí que aquel flirteo durase demasiado. Ocho días después de conocernos nos saltamos tres clases seguidas y acabamos enrollados sobre el césped, allí mismo, justo al lado de la hemeroteca de Letras.

88

Guim tardó ocho meses en ir solo por la calle a fuerza de brazos. Sin ninguna ayuda. Al hacerlo se arriesgaba a tardar dos horas en conseguir volver. A quedarse encallado frente a algún escalón o alguna rampa imposible de superar. A caerse. Bajar era relativamente sencillo. Tenía el suficiente control de la silla como para dejarla deslizar por la pendiente. Debía prestar atención a cualquier eventual piedrecilla o imperfección del asfalto que podían mandarlo al suelo, pero avanzaba y algún día había conseguido incluso llegar hasta la Diagonal. El problema, sin embargo, el problema real, era regresar: el camino de vuelta era cuesta arriba; subir a la acera por más rebaje que hubiera, misión casi imposible, y cruzar las tres o cuatro calles hasta casa, una heroicidad.

Y, a pesar de todo, lo logró. Con mucha paciencia e insistencia consiguió depurar la técnica para superar los pasos de cebra. Eran, sin duda, lo más difícil, puesto que la pendiente de la calle hacia la rejilla de la cloaca se sumaba a la pendiente natural de la calzada. Guim tenía que calcular con precisión el esfuerzo que tendría que invertir y el tiempo que duraría el semáforo en verde, y cuadrar ambos datos. Invertía en ello toda su energía y toda su capacidad de concentración. Se quedaba sin aliento y no podía apartar la mirada del suelo. Pero lo conseguía: llegaba.

Hasta que pilló una gripe, o una amigdalitis, o una faringitis. No recuerda exactamente qué fue. Un virus cualquiera que le tuvo una semana entera en cama sin poder levantarse, ni ducharse, ni vestirse, ni hacer pesas por la tarde, ni fisio, ni salir a la calle. Una semana. Solamente una semana.

Cuando se recuperó y estuvo listo para volver a salir, descubrió que ya no era capaz de avanzar ni dos metros: había perdido la forma física. Del todo. Era como si nunca la hubiera tenido. Como si alguien hubiera rebobinado la película hasta dos meses atrás. Hasta antes de que consiguiera ir solo por la calle.

Y tuvo que volver a empezar de cero.

89

Samuel fue el primer músico con el que estuve. Después hubo un violinista, un pianista y un batería. Y eso que yo de música nunca he entendido demasiado. Él era saxofonista. Tocaba en un grupo de swing y en una orquesta de fiestas populares. No lo tenía fichado en la universidad porque el curso anterior había estado en Nueva Orleans estudiando música. Ni siquiera él comprendía qué demonios hacía en la Autónoma.

Fue Samuel quien me enseñó a besar. A gozar con los besos. Decía que se notaba que yo no había tenido relaciones largas por cómo besaba. Que daba besos cortos, ansiosos y apurados. Que los besos se aprenden en las tardes interminables de sábados y domingos. Tardes de película en el sofá y nada que hacer. Horas en las que la única cosa interesante es dejarse caer en la boca del otro. Adentrarse en ella. Lamer lentamente los labios, los dientes, el interior de las mejillas. Enroscarse en la otra lengua. Morder. Respirarse con la boca entreabierta. Dejar que el otro haga mientras tú no te mueves. Sentir que te ahogas. Que te falta el aire. Que te perderías, que lo abandonarías todo, que olvidarías incluso quién eres para quedarte a vivir para

siempre en ese aliento entrecortado. Sorbiendo. Y deján-
dote sorber.

90

A los veintidós años, el mejor momento del día para Guim era cuando su padre llegaba de trabajar. Al oírle entrar, iba hacia la galería y comentaban juntos las noticias, las trifulcas políticas, la alineación para el siguiente partido del Barça. Luego, salían. Ferran le acompañaba a la ortopedia a recoger un cojín nuevo. Al taller a probar otra adaptación para el coche. A comprar rotuladores.

Guim nunca dudó de que tenía fuerza. El problema era que la tenía en lugares donde no le servía para nada. Sin embargo, si encontraba algo, algún artilugio, algún invento que le permitiera exprimir los músculos que sí que le funcionaban, tal vez... Solo tenía que poder canalizar la fuerza. Sacarle partido. La primera vez que vio una *handbike* en un catálogo, una bicicleta que se accionaba con los brazos en lugar de las piernas, se le ocurrió que quizás fuera la solución.

Consiguió que en la misma ortopedia donde había encargado la silla, le trajeran una de Alemania. Se trataba de algo parecido a media bicicleta: una tija, una rueda y un manillar con los pedales. Al anclarla a la silla de ruedas, las ruedecillas delanteras de la silla quedaban levantadas en el aire, anuladas, y el conjunto final parecía un triciclo.

Guim empezó a bajar cada tarde con su padre a la Diagonal: mientras Ferran corría, él pedaleaba con la *handbike*. Necesitaba ayuda para ponérsela y era un cacharro enorme para el que se le ocurrían mil mejoras posibles, pero desde el primer día comprobó que funcionar, funcionaba.

91

Una noche que estábamos tomando una copa en el Gótico, Samuel me dijo que me quería comentar algo. Algo que yo le había dicho y que él no sabía si había entendido bien.

—Fue en Bilbao, aquella noche que viniste a mi habitación, en el hotel.

Nuestra historia no terminaba de funcionar. Él no quería ni oír hablar de algo estable. Hacía poco que había salido de una relación larga, una de esas de las que siempre hablaba, y estaba aún afectado por la ruptura. Eso decía. Cuando fuimos a Bilbao al congreso se suponía que hacía ya diez días que habíamos roto.

—Igual no te acuerdas —añadió.

Se refería a la última noche del congreso. Cenamos todos en un restaurante del barrio viejo de Bilbao y luego empalmamos copas y locales hasta la madrugada. Una vez en el hotel, nos apiñamos en la habitación de los gaditanos. Éramos como veinte personas allí metidas y yo continué bebiendo. Alguien sacó una botella de ron Negrita caliente y, a pesar de que intentaban escondérmela, yo siempre la encontraba.

—Tengo los recuerdos algo borrosos —reconocí. Terminamos la fiesta pasadas las cinco, pero yo me negué a irme así, sin más, al cuarto que compartía con una chica gallega. Yo aquella noche quería a Samuel. A pesar de la borrachera, localicé su habitación y empecé a golpear la puerta. Cuando ya pensaba que tendría que resignarme a irme, él me abrió, tratando de no hacer ruido, y me indicó por señas que no levantara la voz. Yo me dejé caer sobre él y le dije sin decírselo que no pensaba marcharme. Me hizo entrar. Trastabillando, me quité los pantalones y los calcetines y me metí en su cama. Él se metió también, detrás de mí. Me pasó un brazo por la cintura y me susurró al oído duerme, Clara, que mañana estaremos hechos polvo. En la cama de al lado, su compañero de habitación roncaba.

—Me lo imagino. Habías bebido mucho.

No tenía ninguna intención de dormirme. Sentía su respiración en mi cuello, su cuerpo contra el mío y el corazón me latía cada vez con más furia. Me giré y le rodeé con las piernas. Le tenía tantas ganas que me daba todo igual. Empecé a frotarme contra él. A gemir. Y entonces él se agobió por si despertábamos a su colega. Me llevó al baño y cerró la puerta con el cerrojo. Hizo que me tumbara en el suelo, me puso una almohada bajo la cabeza y se empezó a desnudar. Yo, sin poder parar de reír, me arranqué las bragas y abrí mucho las piernas.

—Y, ¿qué dices que te dije?

A pesar de las lagunas en mi memoria, podía recordar las baldosas del suelo del baño, frías y duras. La luz blanca, cegadora, del fluorescente. La cabeza que me daba vueltas. Las cuatro paredes de aquel minúsculo baño de hotel que perdían verticalidad y se precipitaban sobre nosotros dos.

Y yo, que solo quería a Samuel. Y correrme. Correrme. Correrme.

—Que siempre te hago lo mismo.

Había tardado tres semanas en sacarme el tema. Sostenía un ron con cola entre los dedos y me miraba como un perro apaleado.

—Ya. Es que siempre lo haces.

—¿Qué? ¿Qué es lo que hago?

Cuando yo ya no puedo subir más arriba. Cuando no me caben más ganas. Cuando creo que voy a estallar.

—Te corres. Antes de que yo pueda hacerlo.

Y todo termina.

Samuel bajó la vista y soltó un uf contenido. Yo apuré la copa y busqué al camarero entre las mesas. Ahora vendrían los peros. Pero él no se lo había siquiera planteado. Pero se suponía que sí, claro, que yo también me corría. Pero a él le habían contado una película distinta. Pero ¿por qué no se lo había dicho antes? Pero a él no se le había ocurrido preguntarlo.

—¿Nunca?

—Nunca.

92

Dice que nunca echó de menos Cadaqués. Que cuando tuvo el accidente hacía ya un par de años que no iba. Que hacía mucho tiempo que no coincidía ni hablaba con nadie de la pandilla. Que, aunque el piso hubiera sido accesible, tampoco le hubiera apetecido ir. Sin embargo, reconoce que cuando sus padres alquilaron el apartamento en el Valle de Arán, le gustó salir unos días de Barcelona. Cambiar de aires. Huir del tórrido asfalto y del aburrimiento máximo de agosto, cuando el mundo se detiene y la radio anda llena de sustitutos.

Fueron los tres: su padre, su madre y él. El clima de la montaña les sentó bien. Por la mañana, Ferran salía a correr y Guim iba también, con la *handbike*. Aparcaban cerca de la pista, su padre descargaba el cacharro del coche y lo enganchaba a la silla. Había conseguido hacerlo sin ayuda de otra persona, con mucho esfuerzo. Luego, lo embadurnaba con protección solar, le encasquetaba una gorra, le colgaba a la espalda la mochila de hidratación con el tubo directo a la boca, le ataba las manos a los pedales y lo dejaba. Siempre buscaban rutas muy llanas. En hora y media, Ferran recorría diez kilómetros y Guim, seis y medio. Cuando se reencontraban, volvían sin prisa hasta el coche y deshacían la operativa.

Guim acababa exhausto. Comían en el apartamento con Candela, se echaban algo de siesta y por la noche, cuando las temperaturas bajaban de nuevo, salían a dar una vuelta por los pueblos de alrededor, en los que siempre se topaban con algún mercadillo o un concierto de verano. Cenaban en cualquier parte y volvían al apartamento a dormir.

Durante aquellos quince días solo cambió la rutina los tres que subió Oriol y el fin de semana que se dejó caer Manel. Manel llevó su bici y, con una cuerda y un mosquetón, ataba a Guim con silla y *handbike* y lo remolcaba. Así, podían terminar juntos alguna senda completa.

De niños, Guim y Manel solían ir a la montaña de Collserola con las bicis. Subían, subían, subían y, cuando llegaban a la cima, se dejaban caer ladera abajo a lo loco, esquivando piedras, arbustos y ramas. Entonces Guim siempre ganaba.

Cuando volvieron a Barcelona, tanto Guim como sus padres lo hicieron convencidos de que al verano siguiente regresarían y que era probable que alargasen la estancia una semanita más.

93

Aunque aún le dimos vueltas al tema unos cuantos meses más, la historia con Samuel terminó. Solo funcionaba cuando no estábamos juntos. Cuando lo dejábamos y ambos, no solo él, yo también, nos relajábamos, olvidábamos la expectativa y lo que se suponía que debía ser o dejar de ser una relación. Entonces sí. Entonces nos caíamos bien y nos gustábamos. Y nos divertíamos. Y nos acostábamos. Logramos incluso, después de hablarlo, que el sexo fuera satisfactorio para ambos.

Sin embargo, cuando dábamos un paso más, cuando parecía que lo formalizábamos, algo, algún engranaje, alguna pieza clave, saltaba y hacía que todo se estropease. Hasta que nos hartamos y rompimos definitivamente.

94

Guim perdió enseguida el contacto con los compañeros de la universidad. Durante el escaso medio curso que había hecho, se había saltado más clases que a las que había asistido. A visitarle al hospital solamente fue Nando.

Nando también había ido a nuestro colegio. Aunque antes de empezar Diseño no eran amigos, una vez en la escuela, y puesto que se conocían, iban juntos. Congeniaron. Coincidían en los ferrocarriles, se telefoneaban para preguntarse dudas de clase y, las pocas veces que habían salido de fiesta con los de la uni, Guim había dormido en su casa para evitar conducir hasta Sant Cugat borracho.

Después del accidente, y mientras Guim vivió en Barcelona, Nando siguió visitándolo. Aparecía una vez cada seis o siete meses y le ponía al día. Fue así como Guim supo que el grupo que medio habían formado en primero, se había disgregado. Que Diana, que era una trepa, se había peleado con todos y ahora se codeaba con los mayores. Que Rodrigo, un tipo muy gracioso, pero con un humor simplón, los había sorprendido aprobando todos los cursos con muy buenas notas. Que él, Nando, no sabía aún qué haría al terminar. Que había visto un máster en Comunicación que pintaba bien, pero que no lo tenía claro. Y que, luego, estaba Carlos. Que era un caso aparte. Desde el primer día de clase, Guim sintió una mezcla de repulsión y rivalidad hacia Carlos. Era bueno, el tío. Puede que no dibujara tan bien como él, pero no se saltaba una clase. Se curraba los trabajos. Estudiaba para los exámenes. Caía bien a los profesores. Sabía decirles lo que querían oír. A Guim siempre le pareció un repelente y un imbécil. Un imbécil que accedió con beca a la primera promoción del Máster en Diseño de Vehículos, que lo terminó con un expediente impoluto, cargado de matrículas de honor, y que se marchó directo a hacer prácticas a Boloña, a la fábrica de Ducati.

95

Continué teniendo aquel sueño, en su última versión, en la que terminábamos juntos. No seguía un patrón definido, sin embargo. A veces pasaban varios meses hasta que volvía a soñarlo. Otras, se llegaba a repetir hasta tres o cuatro noches seguidas en el transcurso de un par de semanas. En algunas ocasiones, al despertarme, tenía ganas de telefonearle. En otras, no. Y, en cualquier caso, no lo hacía. No lo llamaba. Ya no.

Recuerdo que, de vez en cuando, al pasar cerca de su casa con el coche, me dejaba llevar por la inercia y conducía hasta su calle. Pasaba por delante del portal y ralentizaba la velocidad para echar un vistazo al interior. Si encontraba un hueco libre, incluso aparcaba. Pero nunca bajaba del coche. Solo abría la ventanilla, miraba hacia arriba y trataba de adivinar cuál era su piso. Su terraza. Aquella galería donde debía de tocar el sol a ratos y donde él, quizás, se tomaría algún café, solo y sin azúcar, antes de volver a encerrarse en su cuarto, en aquella habitación tan oscura con la persiana medio rota y la reja para hacer pesas colgada de la pared. Con las revistas de motos apiladas, las maquetas en hilera, los dibujos a medias. Con la moto hecha de bujías y el libro de Escher que le había regalado yo. Hacía ya mucho tiempo. En otra vida.

96

En el taller donde Guim compró su primer coche, una furgoneta amarilla con una adaptación que en teoría debería haber sido perfecta para él, trabajaba un tetra con una lesión muy parecida a la suya. El tipo debía de tener unos diez años más que él y la principal diferencia con Guim era que, cuando a él le habían dicho que no se podría vestir ni darle a la silla manual por la calle, lo había aceptado. Se había comprado una silla de ruedas eléctrica, había contratado a un asistente y, en un período relativamente breve, se había construido una vida nueva y a medida. Asistida, pero autónoma. Vivía solo y trabajaba en el Departamento de Contabilidad del taller de coches adaptados.

Una tarde que Guim fue a probar el volante de la furgo, el administrativo tetrapléjico pasó por la recepción. Se trataba de un despacho de cristal, tipo pecera, que quedaba justo a la entrada del taller. Tenía un escaparate hacia el exterior, un dependiente de unos dieciocho años y una pequeña sala de espera. El tetra, que le llevaba un papel al recepcionista, saludó a Guim con un gesto. Se conocían de vista.

Mientras Guim contemplaba con curiosidad la habilidad del tipo manejando el *joystick* de la silla eléctrica, pasó por la calle una chica espectacular. Al verla, tetra y recepcionista se quedaron embobados: la mirada de ambos fija en el culo que se alejaba contoneándose calle abajo. Cuando se perdió de vista, el tetrapléjico no pudo callarse. Lo que le haría él a una mujer como aquella. Al oírle, el recepcionista se quedó a cuadros. ¿Él? ¿Qué le haría él?, le preguntó poniendo un énfasis especial en *él*. Y el otro, con los ojos en blanco y poniendo en marcha la silla para volver a su puesto de trabajo, pues que qué quería que le hiciera: lo mismo que tú, chaval, lo mismo que tú.

97

Con Nico, sí. Con Nico sí que podría haber tenido una relación de las que se supone que todo el mundo quiere tener. Una como la de Mónica con Pep, de las de presentar a los amigos y puede que incluso a la familia. Le conocí en un curso de *clown* después de romper con Samuel. Al curso me apunté por curiosidad y porque quería sacarme de encima parte de mi vergüenza escénica. Pero no. En el taller descubrí que me daba pavor actuar con el cuerpo; que me bloqueaba; que la nariz de payasa, en vez de abrirme puertas, me las cerraba y, en realidad, no me importaba. Que para contar historias yo tenía suficiente con la palabra.

Nico trabajaba en una empresa de transportes desde los dieciséis años y hacer de payaso era para él una vía de escape. Su vocación, contaba entusiasmado. Físicamente no me atraía demasiado. Era más el tipo de hombre que le gustaba a Aleix: no muy alto, fuerte, ramplón. Sin embargo, en aquel contexto de pseudoactores y artistas bohemios, me pareció que era un tío auténtico. Y buena gente. Muy buena gente. Tanto que, cuando el último día de taller me propuso quedar, le dije que sí.

Esta vez la relación fue oficial y con mayúsculas desde el primer día. Nos veíamos los fines de semana porque los demás días él trabajaba de sol a sol. Y hacíamos las cosas típicas que hacen las parejas: íbamos al cine, a cenar, quedábamos con sus amigos, con los míos, solos. Puesto que los dos vivíamos aún con nuestros padres, nos buscábamos la vida para encontrar rincones en los que escondernos y él, a pesar de los pesares, me hacía el amor con más cuidado y ternura, con tesón y con mucha más habilidad que ningún otro con el que yo hubiera estado. Pulsaba las teclas precisas en el momento preciso y con la intensidad precisa. Estaba pendiente de mí en todo momento, de él, de que nos corriéramos los dos. Era perfecto. Demasiado perfecto. Tanto que debería haber sospechado. Pero no me di cuenta hasta que llegó San Valentín y él se presentó en mi casa por sorpresa.

Te he traído algo, me dijo. Estábamos de pie en la calle, sobre la acera. Él con una sonrisa de palmo y medio y un paquetito en la mano. Maquinalmente, con la sensación de que esa no era yo y de que en algún rincón alguien debía haber escondido una cámara oculta, tomé el paquete y rompí el papel de regalo con el estampado verde e inconfundible de El Corte Inglés. Era una gargantilla: un colgante discreto, de plata, en forma de corazón y con nuestros nombres, Clara y Nico, grabados por detrás.

Lo vi y enseguida lo devolví a la caja. No me salían las palabras. A él sí. Menudo día, Clara, de locos. Estaba pletórico. Todo el día de aquí para allá. He llevado el camión a Alella y me he vuelto a Barcelona a recoger el regalo, luego a casa, a ducharme, y ya para aquí. Lo encargué la semana pasada. Cuando lo vi, supe que te gustaría. Es bonito, ¿verdad?

Supongo que hacía días que sabía que iba a dejarle. Y puede que tuviera mala leche hacerlo precisamente aquella noche, allí de pie los dos, con aquel frío y con la cajita y el colgante en las manos. Pero las frases me brotaron solas e imparables. Como un alud que no puede terminar de otra manera. Esto nuestro no nos lleva a... Siento mucho que... Antes de que nos hagamos más...

Él se cabreó un montón. No te has esforzado lo suficiente, me echó en cara cuando ya se iba, la cajita y el papel de regalo arrugado sobre el asiento vacío del copiloto.

No esperé a que arrancara. Cerré la puerta detrás de mí y me quedé unos segundos quieta en el jardín. Las luces se habían encendido e iluminaban el almendro. Estaba empezando a florecer. Respiré hondo hasta que sentí el pinchazo del aire helado que se me clavaba en los pulmones. Y entré en la casa.

98

Si algo había aprendido Guim desde que tuvo la lesión era que no podía pretender ir por la vida como un deportista de élite. Su día a día debía ser factible. No podía depender de un estado de forma excelso.

La *handbike* le solucionaba muchas cosas. La rueda delantera grande en vez de las pequeñas de la silla hacía desaparecer el problema de las aceras y los rebajes. Sobre terreno llano, volaba: iba mucho más rápido que cualquier persona caminando. El problema continuaban siendo las pendientes de subida. Y también que necesitaba una o dos personas para acoplar la *handbike* a la silla de ruedas.

Pensó en posibles soluciones. Cambiarle el desarrollo o instalarle otro cambio de marchas. Tal vez una nueva transmisión. También empezó a darle vueltas a un sistema con el que pudiera engancharla él de manera autónoma. Quizás incluso podría ponerle motor. Encontró una tienda de bicis en la que le pareció que podrían ayudarle y de allí lo mandaron al barrio Gótico, al taller de un chico que hacía cosas raras como lo que él necesitaba.

Le pidió a Oriol que le acompañara, una tarde de las que libraba. Su padre había empezado con las obras de la casa nueva e iba de culo. Aparcaron cerca de la catedral y luego Oriol lo empujó por las callejuelas hasta el taller. Hacía tres o cuatro años que Guim no pisaba el Gótico. Encontraron el local en la plaza dels Traginers. El dueño era un chico de la misma edad de Guim que vivía y trabajaba rodeado de engranajes, cambios, cadenas y neumáticos. Charlaron un rato. Me imagino que la conversación debió de ser muy técnica y que a mí me habría sonado a chino. Al final, el muchacho le dio el teléfono de un diseñador medio inventor medio genio loco que se entusiasmaba con proyectos como el suyo. De vuelta hacia el parquin, mientras Oriol lo llevaba, y Guim no podía dejar de pensar en aquel teléfono, aquel inventor y aquellas ideas que le hervían en la cabeza, se cruzaron con el hermano de un colega del grupo de Cadaqués.

A Guim siempre le daba pereza encontrarse con gente que no lo había visto desde antes del accidente. Y aquel día seguramente le incomodó aún más. Pero resultó que el conocido no le esquivó la mirada. Tampoco se puso nervioso. No sudó y no hizo gestos de querer salir corriendo de allí. Les habló a ambos, no solo a Oriol. Les contó que había terminado Económicas después de seis años y que ya tenía trabajo, en una consultoría. Les preguntó también a ellos, también a Guim, que cómo les iba. Le dijo que lo de estudiar a distancia era una idea buenísima, que debía de ser mucho más sencillo así. Para él, quería decir. Y que nada, que tenía que irse, que lo esperaban. Que se alegraba mucho de verlos, sobre todo a Guim. Y que le parecía increíble que lo llevara tan bien.

Dice Guim que fue entonces, al escuchar el halago envenenado del antiguo colega, cuando cayó en la cuenta de que los demás veían la suya como una vida de mierda. Una vida de mierda que tenía mérito llevar bien. Querer vivirla. Y más aún: hacerlo sin lamentarse, sin quejas comprensibles y constantes, sin planes de suicidio, con buen ánimo, con una sonrisa.

Pero ocurría que aquella vida de mierda era la suya. La que había conseguido construir con muchísimo esfuerzo. La única que tenía. La que incluía los cafés en la galería y los ratos al sol, las vacaciones en el Valle de Arán y las salidas con la *handbike*, aquella tarde en el Gótico y el teléfono del diseñador que le ayudaría a fabricar su invento.

Era su vida. Y le gustaba.

99

La primera vez que me topé con Lucía por la calle, Mónica y yo aún no nos habíamos instalado en el barrio. Llevábamos un par de meses organizando el traslado. Habíamos encontrado trabajo casi al mismo tiempo. Ella en un despacho de abogados de esos que se dedican a esclavizar a estudiantes recién licenciados con la promesa de que, un día, ellos también serán socios y podrán esclavizar a los júniors que empiecen. Nunca entendí qué hacía Mónica allí. No le pegaba nada. Tuvo que comprarse ropa nueva, seria y elegante, se puso lentillas y empezó a trabajar un millón de horas a la semana. Cobraba un buen sueldo, un sueldo infinitamente mejor que el mío como becaria en la facultad. Por suerte para mí el alquiler me salía barato. Ahora que mi abuela llevaba ya varios meses viviendo en una residencia cerca de mis padres, nos mudábamos al que había sido su piso.

En el reparto de espacios, le cedí a Mónica la mejor habitación porque, aunque mis padres nos rebajaban el precio del alquiler a ambas, ella pagaba algo más. Yo me quedé la que daba al rellano de la escalera. Era tan pequeña que debía tener la cama encajada entre tres paredes para lograr abrir el armario, pero lo prefería a renunciar a una cama grande. En la tercera habitación, un cuarto minúsculo donde mi abuela solía coser a máquina, montamos un despachito.

El sábado que me crucé con Lucía, nos faltaban todavía un par de semanas para instalarnos en el piso. Eran casi las ocho de la tarde y yo tenía prisa. Llevábamos todo el día intentando arrancar tres capas de papel de pared en la que sería mi habitación y nos habíamos quedado sin lija. Debía apresurarme para llegar a la ferretería de la calle Escorial antes de que cerrasen o no podríamos aprovechar el domingo.

No la vi salir del portal y por poco chocamos. Yo llevaba un chándal viejo sucio de pintura y cubierto por un polvillo rosa. Lucía iba arreglada, maquillada y con cara de hoy tengo plan. Me sorprendí tanto al reconocerla que la saludé de manera inconsciente, mecánica. Ella, en cambio, más que mirarme, me atravesó y, sin responder siquiera, tomó la calle con decisión en dirección contraria a la mía.

Lucía había sido una de las primeras amigas que hice en los jesuitas. Solo coincidíamos a mediodía. Ella era veterana y me contaba chismorreos sobre los profes, los monitores, el resto de los alumnos. Nos sentábamos en un banco de la galería del segundo piso y charlábamos y reíamos mientras mirábamos a los que mataban el rato jugando a ping-pong.

Pero la cosa duró poco. En segundo dejamos de hablarnos e incluso de saludarnos. Tal vez fue por mí, que empecé a frecuentar otra gente. O por ella. Quizás se enfadó u ofendió conmigo por algo que hice. O sencillamente dejé de interesarle. No lo sé. De cualquier modo, era una chica extraña. Aunque casi nunca iba sola, cambiaba de amigos a menudo. No tenía un grupo estable y cada curso se arrimaba a alguien que hubiera entrado nuevo al colegio. Se la consideraba de las guapas del curso y en COU, después de que Guim y yo lo dejáramos, se obsesionó con él. Recuerdo que durante la selectividad iban todo el tiempo juntos y que a mí se me encogía el estómago cada vez que coincidíamos.

El viernes que terminamos los exámenes de selectividad, quedamos en la puerta del colegio para salir de fiesta y celebrarlo. Éramos cuatro o cinco grupos distintos, pero aquella noche salíamos todos juntos. Era la última celebración. La última vez que veríamos a muchos de los que estaban allí. Yo suponía que Guim acudiría y, aunque llegó tarde, estuve pendiente hasta que le vi. Lo reconocí a lo lejos, cuando se detuvo en el cruce de la Gran Vía: llevaba la chupa azul, el casco, la moto nueva. Cuando paró en el semáforo que estaba a nuestra altura, el corazón me latió furioso, a la expectativa. Pero él no me miró. Pasó de largo. Aparcó cerca, en el chaflán, y se fue directo hacia un grupillo que se había quedado apartado frente a la puerta principal del edificio. Estaban sentados sobre el capó de uno de los coches. Eran Lucía, Nando y un par más. Todos los que harían Diseño el curso siguiente.

A mí se me debía de ver el plumero a años luz de distancia, pero pretendía disimular. Que no se notase que no le perdía de vista ni un segundo. Hasta que se movilizaron y el alma se me cayó a los pies. Sin acercarse a nosotros, sin un miserable saludo desde lejos, sin un adiós con la mano, un ya nos veremos o un que tengáis suerte, que vaya bien la uni y la vida y todo, Guim se encaminó hacia la moto, abrió el portaequipajes de debajo del asiento, sacó un casco y se lo ofreció a Lucía. Ella se lo puso y, justo antes de montar tras él, bajar la visera, abrazarlo por la espalda y desaparecer los dos, tragados por el tráfico de Vía Layetana, me miró. Ella sí que me miró. Igual que el día que me la crucé por primera vez en el barrio. Con la misma mirada gélida.

Después de instalarnos en el piso, volví a coincidir con Lucía muchas veces. La veía de camino a la estación de ferrocarriles de Gala Placidia o mientras hacía cola en la frutería. En la cafetería de debajo de casa, que también era panadería, o en el supermercado de Torrent de les Flors. En la terraza de la plaza Rovira o en la boca del metro en Joanic.

Al principio, en cuanto la reconocía, sentía el puñal que se me clavaba en las vísceras. Aquella especie de vacío me llenaba el estómago, me subía por la garganta y me llenaba los ojos de lágrimas. Era un dolor inconsciente, irracional, que me recordaba que yo no había sido lo suficientemente buena para retener a Guim y que él se había marchado con ella. Que la había llevado a ella en el lugar que me correspondía a mí.

Pero el dolor remitió. Y el recuerdo del dolor también lo hizo. El sentimiento de culpa por lo que no había sabido hacer se diluyó. Los reproches por lo que había hecho él se acallaron. Y Lucía se convirtió en poco más que una vecina antipática: una antigua conocida que nunca me saludaba y a la que yo también ignoraba.

1 OO

Dice Guim que el ser humano tiene una gran capacidad de adaptación. Que nos acostumbramos a todo y que lo hacemos por pura supervivencia. Por la nuestra, pero también por la de la especie. Que está en nuestra naturaleza. Que nos adaptamos a los cambios, a los nuevos lugares, a los nuevos compañeros, a los nuevos amigos. A las separaciones y a las pérdidas. A un cuerpo, el nuestro o el de los otros, que ya no es el que era: que envejece, que se enferma, que se lesiona. A los traumas. A las arrugas. A las heridas visibles y a las invisibles. A las evidentes y a las sutiles. Que adoptamos estrategias, aprendemos nuevos hábitos: formas nuevas de hacer cosas tan sencillas como comer o dibujar o amar. Que volvemos a ser felices, que volvemos a sonreír.

Y que sí, que siempre hay un porcentaje de gente que no lo hace. Que no lo supera. Que abandona.

No tienen por qué ser los que han sufrido más. O sí. Da igual: son un porcentaje. Solo un porcentaje. Un porcentaje de personas heridas, tristes, abandonadas, violadas, doloridas, maltratadas, lesionadas, traumatizadas, enfermas, deprimidas, olvidadas. Un porcentaje de personas a las que la vida les resulta demasiado pesada. Que no ven la salida. Que no encuentran un motivo. A las que no les compensa. Que no quieren seguir buscando el modo de encajar en el mundo.

Pero que son minoría. Un porcentaje pequeño. Porque la mayoría, la gran mayoría de los seres humanos, queremos sobrevivir. Tendemos a sobrevivir. Estamos programados para sobrevivir. Y él, dice, no es ningún héroe; solo es uno más de esta mayoría. De la gran mayoría que se adapta. Para sobrevivir. Para vivir.

Eso dice Guim. Que este es su único mérito.

101

Debían de ser casi las cinco de la madrugada cuando salí desnuda, tal cual me había levantado de la cama, a fumarme un pitillo al balcón. Se trataba de un balcón diminuto, uno de esos balcones antiguos con persianas de madera, pintadas de verde, que cuelgan por detrás de las barandillas. Lo tenía lleno de plantas. Tanto que apenas se cabía. A pesar de que Mónica se exasperaba, yo no podía evitar comprarlas. Mi abuela siempre lo había tenido lleno también. Un auténtico jardín en flor. Pero, a diferencia de mí, ella no las compraba. Las pillaba de cualquier lado. No sabía el nombre de ninguna de ellas ni que aquello que ella hacía era reproducirlas por esquejes. Sencillamente lo hacía. Por pura intuición. Y todo le crecía verde, fuerte y sano. Yo, por mi parte, probé suerte con un jazmín, margaritas, cintas, geranios, rosas de pitiminí y un par de plantas crasas que se me murieron en un decir Jesús, por más imposible que digan que es que se te muera un cactus o una planta crasa. En general, no tenía ni remota idea de lo que necesitaban. De si la luz era buena o mala, de si necesitaban una maceta grande o pequeña, de la cantidad de agua con la que debía regarlas, de si precisaban abono o qué insecticidas mataban una u otra plaga. Tampoco sabía qué debía hacer para que el jazmín echara flores o evitar que los geranios se pudrieran por dentro. Pero me alegraba la vista ver el balcón tan verde y florido como cuando mi abuela se ocupaba de él.

Aquella noche había salido por el barrio con Rut y el grupo de la universidad, pero más tarde, hacia las cuatro, cuando habían propuesto bajar al Paralelo, me había dado pereza. Puesto que tampoco me apetecía dormir sola, de camino a casa me había dejado caer por el Heliogábal, un local que abría hasta las tantas. Allí era probable que me encontrara con Blai. Y así fue. Lo arranqué de la barra y me lo llevé a casa. Por la calle nos tambaleábamos los dos y nos deteníamos, continuamente, a meternos la lengua y las manos por donde pillábamos. Después, ya arriba, solos porque Mónica y Pep estaban fuera ese fin de semana, nos quitamos la ropa a empellones y la dejamos esparcida por el suelo de todo el piso.

Ahora Blai dormía. Y a mí me gustaba aquella quietud. Aquella soledad. Caminar descalza. Sentir las baldosas frías y algo sucias bajo las plantas de los pies. La humedad de la noche sobre la piel. Afuera la calle estaba oscura, las ventanas cerradas, las aceras desiertas.

Me encendí el cigarrillo y dejé el mechero sobre la máquina del aire acondicionado que yo trataba de ocultar con plantas. Me tragué el humo y me reí sola recordando los primeros cigarros que me había fumado en la vida, cuando creía que tragarse el humo era un gesto tan literal como deglutirlo. Lo solté ahora, despacito, y contemplé cómo se dispersaba y se deshacía y desaparecía.

No lo oí llegar hasta que me acarició la espalda. Blai era un tipo rudo, de campo. Tenía las manos grandes y ásperas, los dedos gruesos, la piel plagada de durezas y callos. Me parecía increíble que con aquellas manos fuera capaz de tocar el piano tan bien y de un modo tan delicado. Él no se dio cuenta de que me molestaba que me tocara. Debía de pensar que el escalofrío era de placer, como hacía tan poquito rato. Me abrazó por la espalda, dejó resbalar su manaza por mi brazo y, al llegar al final, me arrancó el cigarrillo de los dedos. El corazón se me agitó y apreté las mandíbulas cuando le oí darle una calada y exhalar el humo por encima de mi cabeza. Disimulé, arguyendo que el humo se me había metido en la boca, tosí y me escapé hacia el interior del piso.

—Quédatelo. Me voy a acostar. Estoy molida.

Quise decírselo con suavidad, con un tono de voz neutro, sin mirarle a los ojos. En realidad, no quería ofenderle. Ni delatarme. No quería reconocer que lo que yo quería de él, ya me lo había dado. Que no necesitaba su afecto. Ni su amor. Que ya no lo buscaba. Ni en él, ni en nadie. Que no me hacía falta. Que me había levantado con cuidado, sin despertarlo, porque aquel momento, en mi balcón, con mis plantas, con mi pitillo, lo quería para mí. Para mí sola.

No debió de tardar en volver a la cama, pero no estoy segura. Yo ya no lo oí.

TERCERA PARTE

AGOSTO-SEPTIEMBRE DE 2003

102

Dice Guim que me telefoneó porque sabía que, si no lo hacía, no volvería a verme nunca más. Agosto empezaba y él se aburría. Hacía ya un par de meses que habían terminado las obras de la nueva casa y que habían vuelto a vivir en Sant Cugat. Por las noches, alargaba hasta pasadas las tres de la madrugada y, por las mañanas, se levantaba muy tarde, casi a las doce. A oscuras y con el dorso de la mano medio cerrada, encendía la luz de un golpe seco. Dejaba que sus dedos inertes y en forma de garfio resbalaran entre las eses del cable del mando de la cama articulada para levantarlo y agarrarlo como si pescara. Apretaba los botones con la lengua e incorporaba el cabecero. Bloqueaba los codos para conseguir levantar el culo unos milímetros apenas perceptibles y se arrastraba muy, muy lentamente fuera de la cama, hasta la silla de baño. Se duchaba. Empujaba la silla de diario para dejarla preparada junto a la cama. Volvía a pasarse a la cama. Se chupaba el dorso de la mano para que la ropa, los calzoncillos, la camiseta y los calcetines se le quedaran pegados y poder así acercárselos. Metía un pie por cada pernera del pantalón, primero una, luego la otra, bajaba el cabecero, se tumbaba y con las manos metidas en los bolsillos, tiraba hacia arriba para subírselo. Aflojaba y apretaba cordones, abrochaba botones y deshacía nudos, todo con los dientes y la lengua. Se doblaba sobre sí mismo para cambiar una silla por la otra desde la cama sin perder el equilibrio y caerse de bruces al suelo. Era casi la una cuando salía al pasillo y dejaba paso a la chica que los ayudaba en casa y que le recogía la habitación.

Desayunaba en la cocina lo que le habían dejado preparado sobre la mesa. Un café americano con una cucharada generosa de azúcar, una tostada integral con aceite y sal, un zumo de naranja. A menudo encontraba también algún periódico pasado, de hacía algunos días. Se lamía el canto de la mano para pasar las páginas. Aquel verano el paro había bajado. En Yakarta había habido una gran explosión. Varios casos nuevos de corrupción. Calendarios de pretemporada. Ningún torneo en marcha. Ningún campeonato del mundo. Nada de NBA. Las carreras de motos y la Fórmula I en suspenso hasta que aflojara el calor. Incluso el ciclismo estaba de vacaciones hasta septiembre. Por la ventana grande la cocina se veía la barbacoa de obra y el cañizo que los separaba de la casa de los vecinos. Por la pequeña, la montaña de Montserrat.

Cuenta que uno de aquellos mediodías se puso a hacer inventario vital. Había terminado el segundo curso de Multimedia en la UOC. Le gustaba. Había dedicado muchas horas a los trabajos de Diseño Gráfico y a los de Programación de Videojuegos y le habían ido muy bien. Estaba contento. Su hermano trabajaba en Barcelona, en un bar restaurante con cocina abierta hasta las tres de la madrugada. Hacía el turno de noche: entraba a las seis y media de la tarde y salía cuando cerraban. Su padre se había ido de viaje con antiguos amigos del colegio. A Santiago de Compostela, si Guim no andaba confundido. Manel estaba de ruta por Marruecos y el resto de los colegas estaban también fuera, en la playa, en la montaña. Algunos trabajaban. Su madre no salía de la habitación. Y dice que fue en aquel momento cuando pensó en mí.

Las últimas veces que nos habíamos visto no habíamos conectado para nada. Ambos habíamos cambiado y él tenía claro que la nuestra era una historia que no daba más de sí. Un capítulo cerrado. Dice que cayó en la cuenta de que lo más probable, lo que la lógica dictaba por cómo había ido todo, era que no volviéramos a vernos. Y que le pareció triste. Muy triste.

Entonces, como si estuviera viendo una película y él tuviera la potestad de cambiar el destino de los personajes, se dijo que no le daba la gana. Hacía meses, años, que se arrastraba por la vida sin poder elegir, sin poder decidir prácticamente nada. Pero eso sí que podía hacerlo. Podía desafiar al destino. Tocarle las narices. Con solo coger el teléfono y marcar mi número.

No tenía ni la más remota idea de lo que me diría. No preparó nada. Lo único que pensó fue que cabía la posibilidad de que yo descolgara. Y que, de hacerlo, él con una pequeña travesura, habría transgredido aquella realidad cerrada, inmutable y previsible.

103

—Joder, Clara, tía, ¿se puede saber con quién hablabas tanto rato?

Estábamos en la mallorquina de los padres de Rut. A mí me había sonado el móvil y había estado enganchada al teléfono durante cuarenta y siete minutos ininterrumpidos sentada en un rincón de popa. Desde el otro extremo del barco, Rut había levantado un par de veces la cabeza con curiosidad. Pero al final había desistido.

—Con Guim.

—¿Con Guim?

Me había recostado en la toalla, sobre los codos, y miraba un punto indeterminado en medio del mar. Asentí.

—¿Sabes que hacía más de dos años que no hablábamos? Y va y me llama hoy. Precisamente hoy.

La tarde anterior, cuando el padre de Rut nos anunció que el plan para el día siguiente era navegar hasta Cadaqués, yo no había podido evitar pensar en Guim. Porque para mí Cadaqués era Guim. Me había hablado tanto de aquel sitio... De cuando iba allí de niño. De cuando era adolescente. De los amigos. De las borracheras. Del primer ciclomotor. También habíamos ido juntos, una vez, en pleno invierno, con sus padres. Hacía mucho frío y casi tanta humedad como en Venecia. Nos habíamos pasado la tarde estudiando para los exámenes del primer trimestre y después de cenar, antes de acostarnos y de que él se colara en mi habitación, en mi cama, habíamos salido a pasear. Las calles estaban desiertas, los locales cerrados, las playas en penumbra. Sobre la arena húmeda y compacta, Guim buscaba guijarros planos para hacerlos brincar sobre la superficie del agua, una vez, dos, tres, cinco, siete. La espuma brillaba en la oscuridad, de un blanco casi fosforescente, y su mano delgada y fría apretaba la mía dentro del bolsillo de su parka. El mar estallaba contra las rocas con el mismo sonido con el que lo haría solo un par de meses más tarde contra el paseo de Premià, aquellas noches en que yo volvería a casa escuchando en bucle a Silvio Rodríguez, cuando él ya me hubiera dejado.

—¿Y qué se cuenta? —me preguntó Rut, mirándome de reojo.

—Pues está muy majo —respondí con un suspiro mientras me tumbaba boca abajo.

Me desabroché la parte de atrás del bikini, escondí la cara entre los brazos y abrí un poco las piernas. Muy majo. El barco se abría paso y generaba olas que se estrellaban contra el casco. Sentía las salpicaduras sobre la piel. El padre de Rut dijo que faltaba menos de una hora para llegar. Dejaríamos la mallorquina amarrada en la cala grande, la que sale en todas las postales, y una pequeña lancha nos acercaría a tierra. Habían reservado mesa para comer al lado del Casino. Mi respiración se acompasó y aquella sensación cálida y dulce, aquel no hacer nada, aquella somnolencia, me embargó lentamente. Muy lentamente.

104

Lo primero que pensó cuando me vio fue que estaba muy guapa.

El timbre sonó cinco minutos antes de las cinco. Él se había quedado un mando a distancia para abrirme y, en cuanto lo oyó, salió disparado hacia la balconera que daba a la calle. Me vio enseguida, en cuanto se acercó a la barandilla. Yo me hacía visera con la mano y levantaba la vista. El sol ardía inclemente en aquel lado de la casa. Él lanzó la mano derecha al aire, a modo de saludo, agarró el mando a distancia con la base de los dos pulgares, se lo acercó a la boca y apretó el botón con la lengua. El portón grande, el de los coches, se abrió con parsimonia y yo entré. Dice que me vio distinta. Que de pronto tenía culo y pecho. Que enseñaba mucha piel y que estaba muy morena. También que era imposible no darse cuenta de que no llevaba sujetador y que se distinguía claramente la forma del tanga bajo la tela blanca de la falda. También que llevaba el pelo distinto, recogido en un moño desordenado, con unos reflejos pelirrojos que él no recordaba. Y que me había pintado los labios. Rojos.

105

Estaba inquieta. Tan inquieta como solía estarlo cuando iba a verle. Y tenía muchísimo calor. Las gotas de sudor me resbalaban entre los pechos, hasta la barriga, y, sin embargo, las ganas de huir que había sentido en tantas ocasiones no aparecían.

Me abrió la puerta desde arriba, desde una especie de terraza. Llevaba barba de tres días, el bigote y la perilla más marcados, las patillas largas. Me pareció también que había adelgazado.

Como siempre, y como si solo hiciera un par de días que no nos veíamos, me soltó su ey, ¿qué pasa, Clara?, y yo me acerqué a darle dos besos. Me incliné sobre él, esquivé la silla, con el antebrazo sostuve el bolso contra mí para que no le golpeara y, al cambiar de mejilla, me quedé atrapada un par de segundos en su mirada. Era cálida y suave. Ambos teníamos sonrisas bobas y sinceras en los labios. Algo tímidas también.

Me enseñó la casa, lavadero incluido. La diseñamos mi padre y yo, me contó. Tuvimos que allanar la parcela, que tenía mucha pendiente, y la embaldosamos casi entera. Por mí. Por la silla. En el piso superior, al que subimos en ascensor, saludamos a su madre. Hacía ganchillo. Se alegró de verme. La idea es que esta planta pueda convertirse en un piso independiente, continuaba él. Cuando yo quiera vivir solo. Si quiero. Mis padres se quedarían aquí arriba y yo abajo. Volvimos al piso inferior, para ir a la cocina. ¿Te apetece un café?, me ofreció. Lo preparé yo siguiendo sus indicaciones y nos lo tomamos allí mismo, en la mesa de la cocina.

Era Guim, pero al mismo tiempo parecía otro. Me miraba y me daba la sensación de que me escuchaba. Respondía. Preguntaba. Charlaba. Como hacía mucho que no lo hacía. Como la semana anterior, cuando me había telefoneado. Hablamos sobre mi trabajo, sobre su carrera en la universidad, sobre Mónica, Aleix, Manel, su hermano. Sobre cómo era vivir en Gracia sin padres. Sobre haber vuelto a Sant Cugat.

—A mi padre y a mi hermano les hacía ilusión vivir en una casa con jardín y piscina. Sobre todo, a Uri. A mi madre, no tanto.

—¿Por qué?

—Ella estaba encantada en Barcelona. Entraba y salía a placer. No conduce. Además quedaban mucho con amigos. Para cenar. Ella iba a exposiciones...

—¿Y tú?

—¿Yo?

—Sí, tú. ¿Qué preferías?

Como toda respuesta, se encogió de hombros.

—Y la piscina, ¿qué? ¿Ya te bañas?

—Solo una vez. Y casi me ahogo.

Me lo contó riendo. Que entre Oriol y su padre lo habían metido. Que a él se le había quedado la cabeza bajo el agua, pero que ellos no se habían dado cuenta de que no podía sacarla. Le miraban y comentaban la jugada. Qué bien que nada, oye, y solo con los brazos. Hasta que Oriol se percató de que algo no marchaba.

—Se me quitaron las ganas.

—No me extraña.

Después del café, bajamos al garaje. Me quería enseñar su coche. Decía que era el tercero que se compraba. Que no daban con la adaptación adecuada. Que la de aquel tampoco le servía.

—Es un matiz, ¿sabes? Un matiz de nada: no consigo darle la vuelta entera al volante.

Y él, el día que pudiera conducir, quería hacerlo tranquilo y sin ayuda. De momento, sin embargo, parecía que nadie fabricaba direcciones tan suaves como la que necesitaba. Nadie imaginaba que alguien con su lesión pudiera conducir. Así que, de momento, el coche lo pillaba Oriol y, a cambio, le hacía de taxista de vez en cuando.

—¿Quieres probarlo?

Yo no tenía ni idea de qué se suponía que debía probar, pero me senté al volante. El asiento era blando y estaba muy nuevo. Guim me observaba desde fuera del coche con la mirada serena de alguien acostumbrado a observar a los demás y a esperar.

Hacia las siete y media de la tarde, empecé a recoger mis cosas. Me habría quedado más rato, pero había quedado. En el porche junto a la cocina, contemplamos las vistas.

—Aquello de allí es Montserrat. ¿Lo ves?

Se veía incluso el contorno sutil de lo que debía de ser el monasterio. Todo muy nítido bajo la luz del sol de la tarde que ya no picaba tanto. Ahora era una luz cálida y agradable que a Guim le enrojecía el rostro y le acentuaba las pecas de la nariz y las mejillas. Los ojos, una línea fina y brillante, se le cerraban con el resplandor mientras miraba cómo yo agarraba el bolso. Las piernas y los brazos cruzados, la mano bajo el mentón, los labios dibujando una leve sonrisa.

—¿Tienes Messenger? —preguntó.

—Sí, claro. Búscame.

Mientras bajaba la escalera, despacito, escalón a escalón, sentí su mirada fija en mi espalda. En mi culo. Un calor que me brotaba dentro, en la boca del estómago, se expandió por mi vientre, hacia la entrepierna, y una vez en la calle, me volví para decirle adiós con la mano. Su figura, con la silla, con el codo sobre la barriga, se recortaba contra la fachada de ladrillo de la casa.

A las nueve y cuarto debía encontrarme con una amiga en el centro de Barcelona. Iríamos a cenar a un restaurante en Rambla de Cataluña. Luego, había quedado con las de la uni en un bar del Born. Era más que probable que la noche se alargase y que yo regresara a casa de madrugada, sola o tal vez acompañada.

Guim, no. Guim no se movería de allí.

106

Cuenta Guim que aquella noche, cuando estaba terminando de cenar, llegó su padre y que, mientras rebuscaba entre los táperes de la nevera, le preguntó por mí. Por Lara. Guim, con los ojos en blanco, le corrigió. Que la que había ido a verle era Clara, no Lara.

En la encimera, junto a los fogones, estaba la cena: tortilla de patatas, ensalada y rebanadas de pan de payés para untar con tomate. Pero Ferran prefería comer restos. Metió en el microondas una escalopa de hacía un par de días, le preguntó cómo estaba yo y se ofreció a cortarle un poco de sandía.

Guim estaba convencido de que su padre se lo preguntaba con total sinceridad, pero también por cortesía. Que su interés era relativo y que lo más probable era que olvidara la respuesta en cuanto él terminase de dársela, del mismo modo en que siempre olvidaba mi nombre. Así que, en vez de contarle que vivía sola con una amiga, que trabajaba, que estaba simpática y mucho más relajada que otras veces, y guapa, y morena, se lo resumió todo en un bien, muy bien, y se puso a dar cuenta de la fruta.

Conversaron un rato mientras su padre cenaba. Ferran decía que había descubierto una ruta que parecía factible con la *handbike* y convinieron en pedirle a Oriol que los acompañase un día que librase en el restaurante. También comentaron las noticias. Los nuevos fichajes. Ferran, como buen culé, no veía nada claro. Guim, en cambio, era optimista.

Cuando su padre se levantó de la mesa y empezó a recoger la vajilla, Guim le dijo que se iba al cuarto. Quería conectarse un rato, echar un vistazo a los foros de baloncesto y de coches, entrar en Messenger. Sabía que Ferran terminaría la velada en el porche, leyendo el libro sobre física cuántica que lo tenía enganchado, y que, hacia las once, empezaría la ronda. Espantaría a los gatos que campaban a sus anchas por el jardín, cerraría la puerta principal con llave, ajustaría ventanas, bajaría persianas. También que, antes de acostarse, entraría en su habitación y le dejaría la silla de ducha preparada junto a la cama. Que le preguntaría si necesitaba algo más. Que él, sin apartar la mirada de la pantalla, le respondería que no. Y que le daría las gracias. Su padre lo besaría ceremoniosamente en la coronilla y se iría a acostar. Le dejaría la puerta ajustada, sin embargo. Solo un pelín abierta. Para oírle. Si lo llamaba.

107

Habría matado a aquel tipo. De veras. Con mis propias manos.

Se llamaba Edu e iba con los chicos que, desde hacía varios meses, se habían acoplado a mi grupo de amigas de la universidad. No recuerdo cuál era el vínculo original, alguna de nosotras que era amiga de alguno de ellos. Y yo me había liado con Raúl. Esa era mi única relación con Edu: que era colega del tío con el que yo me acostaba de vez en cuando. Esa y que Rut y él se gustaban.

Cuando entré al bar, me di cuenta enseguida de que había llegado demasiado temprano. Odiaba llegar demasiado temprano. En la barra estaba Edu. Solo.

—¡Hola, Clara! ¿Cuándo has vuelto?

No entendía qué demonios le veía Rut a Edu.

—Ayer. Rut se ha quedado unos días más —añadí. Él asintió. Ya lo sabía, claro.

—Y a ti, ¿qué? ¿Cómo te va?

Yo no era capaz de verle el atractivo por ningún lado. Era tan grande. Tan blando. El clásico bonachón.

—Bien. De vacaciones todavía. ¿Tomas algo?

Se lo pregunté por preguntar, por inercia. Él tenía ya una cerveza casi entera sobre la barra. No esperé respuesta para inclinarme hacia la camarera y pedirle un ron con Coca-Cola. El ron era un vestigio que me había quedado de la época con Samuel. Negro, siempre. Cacique, a poder ser.

—Oye, pues me alegro mucho. De que estés *tan* bien.

Sorbí un pequeño trago para vaciar algo el vaso y evitar que se me derramase al moverlo y me quedé mirando a Edu. No sabía a qué venía aquel énfasis en el *tan* bien. Supongo que él me leyó la expresión en el rostro y creyó que debía explicarse mejor.

—Joder, es que me parece super guay cómo lo llevas.

—¿Cómo llevo qué?

—Pues eso. Lo tuyo. Lo tuyo con Raúl. Y con Blai.

Que se metiera en mi relación con Raúl, me molestó. Pero que sacara a Blai en la conversación con semejante naturalidad, como si le conociera de algo, cuando yo no era siquiera consciente de que se hubieran visto jamás, me hizo abrir unos ojos como platos.

—Bueno —prosiguió—, es que lo hemos comentado con Rut, ¿sabes? —Era como estar viendo un magacín de esos cutres de la tele—. Y nos parece genial, tía. —Como si aquella conversación la estuviera manteniendo otra persona, otra que no fuera yo—. Que lo lleves *tan* bien.

Era siempre lo mismo. La clasificación de mujeres de Éric. La falta de empatía de Mónica. Los discursitos de Samuel sobre relaciones largas y relaciones cortas. El énfasis de Edu. Y el de Rut.

En el fondo todos continuaban pensando, como la generación de mi madre y la de la madre de mi madre y la de la madre de la madre de mi madre, que ponerle las cosas fáciles a un hombre era un error. Un error colosal, me había soltado hacía tiempo y a modo de consejo crucial una prima segunda algo mayor que yo. Que hace falta un tiempo de flirteo y que tiene que ser largo. Cuanto más largo mejor. Que es necesario. Porque es precisamente ese tira y afloja, ese ir poniendo cachondo, ese calentar braguetas, lo que permite echarles el lazo. Que enloquezcan. Que se enamoren. Y lo que es más importante todavía: que después, una vez atrapada la presa, no huyan. Que el tiempo y el esfuerzo que han invertido en conseguirte les pese demasiado para desaparecer sin más. Que se queden. Ese es el fin. El único objetivo que puede y debe perseguir una mujer decente: pescar un hombre y lograr que no la abandone.

—Pero deberías ir con cuidado, Clara. Protegerte. Por bien que lo lleves, al final te harán daño.

Fui incapaz de reaccionar. Me quedé muda. Como alelada. Hacía unos minutos que la puerta del bar se había empezado a abrir y cerrar a un ritmo frenético y entre saludos y abrazos, copas y conversaciones, su comentario y mi potencial respuesta se perdieron. Qué tal por Palamós. Qué planes tienes ahora. Cuándo vuelves a la uni. El cabreo, en cambio, se me enquistó en las vísceras.

Raúl y yo no quedábamos. No nos telefoneábamos, no nos escribíamos mensajes. Ni siquiera tenía su número. Nunca se me había ocurrido pedírselo. No sabía nada de él y tampoco me importaba. Ni lo que hacía en la vida, ni si trabajaba, ni si salía con alguien, ni si tenía más amantes, ni qué le gustaba hacer por las tardes. Nos encontrábamos de noche, siempre por casualidad, siempre con una copa en la mano. Nos mirábamos. Nos acercábamos. Más que hablar, intercambiábamos frases y palabras que eran como disparos cargados de dobles sentidos. Nos reíamos. Nos buscábamos.

Cuando coincidíamos, nunca nos íbamos con otra persona. Y, sin embargo, lo nuestro no era más que atracción física. Una combinación química que debía de tener una explicación científica perfecta y que hacía que nuestros cuerpos hiciesen todo lo posible por estar juntos. Sin grandes conversaciones. Sin planes. Sin compromisos. Tan volátil. Tan simple como eso.

De todo lo que Edu me había dicho, lo que más me molestó no fue la insinuación de que yo fuese una chica fácil. Tampoco la certeza de que cualquier hombre que hubiera tenido, como yo, un par de amantes al mismo tiempo, o tres, o cuatro, habría sido para él, y para cualquiera, un héroe, un ligón, un triunfador, alguien merecedor de todo tipo de envidias.

No. Lo que más me dolió fue saber que él y Rut me habían estado observando. Que, sin que yo fuera consciente de ello, estuvieron pendientes de lo que yo hacía o dejaba de hacer. De a quién miraba o tocaba o besaba. De quién me llevaba a la cama. Me carcomía por dentro que se hubieran otorgado el derecho a mirarme y a opinar sobre lo que veían. A convertirlo en tema de sus conversaciones. A planificar quién, cómo y cuándo me daría el consejo que necesitaba para salvarme. Para volver al redil.

Me terminé la copa y ya no quise pedir otra. Me fui de allí en un arrebato, sin caer en la cuenta de que Raúl tal vez estaría por aparecer. Tomé paseo San Juan de subida. Las chanclas, las Havaianas que la gente normal usa para ir a la playa y que yo me empeñaba en calzar a todas horas y por todos lados, golpeaban el asfalto caliente y hacían chasquear mis pasos hacia casa. Solo quería llegar. Llegar y encender el ordenador. Abrir el correo y escribirle a Aleix. Contárselo todo. Desahogarme e irme a dormir sin ese peso encima.

108

Dice Guim que, cuando me conecté, él estaba en un foro de baloncesto. Que me había localizado enseguida, pero que durante toda la noche mi perfil aparecía desconectado. Hasta que, de pronto, cuando él ya no contaba con ello, alrededor de las dos, se desplegó una ventana emergente:

¡Hola, Guim! ¿Qué haces levantado a estas horas?

Hola, Clara. ¿Y tú?

Llego ahora a casa.

¿Qué has estado haciendo?

He salido por el Born, con las de la uni. Y unos colegas. Pero me he agobiado y me he vuelto.

¿Te ha pasado algo?

No.
Sí.
Un imbécil, que me ha dicho algo que no me ha gustado.

¿Quieres contármelo?

No.

¿Estás sola?

No.

¿...?

Están Mónica y Pep. Duermen.

Eso es como estar sola.

Sí. Supongo. Y tú, ¿estás solo?

No.

Estoy contigo.

109

La última vez que había visto a Samuel había sido un desastre absoluto. A pesar de que yo trabajaba como becaria en otra facultad, de vez en cuando me dejaba caer por Letras para ver a antiguos compañeros que alargaban la carrera. Uno de aquellos días, me topé con él. Estaba guapo. Como tenía piso propio, aproveché para invitarle a cenar un día de esos. Quedamos una noche entre semana. Mónica estaba de viaje por el trabajo. Él se presentó con una botella de vino blanco. La velada prometía, pero se torció. Tardamos mucho en soltarnos y cuando lo hicimos era ya tardísimo. Íbamos muy bebidos, estábamos cansados y ninguno de los dos tenía preservativos. Yo me negué a hacerlo sin y él, hastiado, se giró hacia la pared y se quedó dormido. Por la mañana tomamos juntos los ferrocarriles y nos despedimos, incómodos y con ganas de perdernos de vista.

El encuentro había sido en mayo y desde entonces no había sabido nada de él. Hasta que me envió aquel mensaje al móvil. Estoy en Valencia en un bolo y me he acordado de ti. Puse los ojos en blanco y me quedé pensando si contestarle o no. Dudaba entre una posible broma folclórica o un directo y conciso vete a la mierda, pero antes de que le respondiera, él insistió. ¿Estarás por Gracia el domingo?

110

A Gracia, por las fiestas, vino todo el mundo. Guim también, el primer sábado. Oriol había conseguido librar en el restaurante y accedió a llevarlo en coche. Hablamos por el chat y quedamos en que me telefonearía cuando estuviera ya por el barrio.

Cuando me llamó había tanto ruido que no conseguíamos oírnos bien. Me dijo que estaba en Joan Blanques. Luego, mientras esperaba, le pareció que yo tardaba siglos en llegar y se temió que tal vez no le había entendido.

Estaban Oriol, Guim y un par de colegas más. Pidieron unas copas y se quedaron cerca de la barra. Cuando aparecí, él sostenía con la base de los pulgares una cerveza con limón sobre la rodilla. Con las manos así ocupadas no se pudo mover para acercarse a saludarme. Se me quedó mirando con aquella pose tranquila, de espera, mientras yo daba dos besos a los demás y terminaba en él, mis labios sobre sus mejillas.

—Perdona —le dije al oído—. Estaba en Sant Salvador. He tenido que cruzar el barrio entero.

Le hizo una seña a su hermano. Habían quedado en que él me invitaría a la copa y que Oriol haría las gestiones.

—¿Desde cuándo bebes ron?

—Hace tiempo ya. Me acostumbré por un amigo. ¿Quieres?

—Solo bebo cerveza, y poca —respondió—. Escarmenté un día en que me emborraché y casi me mato al pasarme a la cama.

Para oírle, tenía que inclinar la cabeza y dejar la oreja justo frente a su boca.

—Es por la lesión. Lo de la voz. Que tenga tan poca.

Me contó que cuando le operaron, la primera vez, cuando tuvo el accidente, tuvieron que intubarle y que le habían lesionado las cuerdas vocales.

—¡Qué bestias! —exclamé.

—Bueno. Me salvaron la vida.

Había demasiada gente. No se estaba a gusto. Como tampoco bailábamos, decidimos cambiar de sitio. Guim descruzó la pierna y, mientras su hermano le llevaba, dejó las manos apoyadas sobre el regazo. Yo caminaba a su lado. Encontramos una calle poco concurrida donde un tipo con peluca de payaso pinchaba pachanga en un discomóvil. Nos quedamos. Y pedimos otra copa.

—¿Sabes qué? Soy vecina de Lucía. La del colegio.

Tomó un trago y levantó las cejas.

—No la veo desde hace una eternidad. Desde antes del accidente. Es una estúpida.

—Creía que eráis amigos.

—Nos enfadamos. Luego ella nunca vino a verme.

—A mí no me saluda cuando nos cruzamos por el barrio.

—Estamos empatados, pues —sentenció. Tenía los ojos casi cerrados en una sonrisa.

Cuando callábamos, nos distraíamos observando a los vecinos de la calle que bailaban y hacían payasadas frente al escenario. Él había frenado la silla y no se podía mover. Yo sí: dejaba el brazo, la cintura o las caderas rozando el suyo. Y me preguntaba si él sentiría aquel contacto. El calor. La presencia. Tenía que notarlo. Claro que sí. Era demasiado evidente. Y no me apartaba.

Al cabo de una hora larga, Oriol propuso que nos moviéramos otra vez.

—Vamos a un bar al otro lado de Gala Placidia. ¿Te vienes?

Me contó que había billar y dardos. Que solían ir allí. Que estaba muy a gusto. Pero yo había quedado.

—Otro día —repuse.

Nos despedimos en Travesera de Gracia con Torrent de l'Olla. Dice que, cuando le di los dos besos, apoyé los labios en sus mejillas más rato del estrictamente necesario. Que notó el olor a alcohol de mi aliento y que, cuando me fui, me tambaleaba. Que me perdió enseguida de vista porque Oriol se lo llevaba hacia Gran de Gracia, pero que durante unos segundos escuchó aún el golpeteo de mis chanclas que se alejaban. Que sus amigos estaban muy animados, que charlaban y se gastaban bromas, pero que él no les hacía demasiado caso. Que estaba contento.

111

—Mola verse así.

Al final no me pude resistir y le dije a Samuel que sí, que nos viéramos. Quedamos el domingo para tomar algo en la plaza de la Virreina. Pronto, porque por la noche él tenía bolo.

—Así, ¿cómo?

Se había repantingado en la silla, con la parte alta de la espalda apoyada en el respaldo, las piernas estiradas hacia delante y cruzadas por los tobillos.

—Rollo ex —aclaró.

Le daba el sol en la cara y se había puesto unas gafas muy oscuras. Yo estaba aún luchando por colgar el bolso del reposabrazos de la silla.

—¿Ex?

Siempre había pensado que, para ser ex de alguien, antes tienes que haber sido algo de él. No se lo dije, pero Samuel, con toda la naturalidad del mundo, añadió:

—Así te tengo yo clasificada. Como ex.

Siempre había sido un tipo muy charlatán: vamos a tope con el grupo, paso de la carrera, he hecho las pruebas para entrar en la escuela superior de música, y yo, muy de escucharle. Aquella tarde, sin embargo, algo no marchaba. Él era el de siempre y venía cargado con sus mejores armas de seducción. La pose de tío interesante, la retahíla de anécdotas, ese gesto tan suyo al levantar las cejas, el hoyuelo en la mejilla izquierda. Sorbía la cerveza a traguitos con aquellos labios que me habían hecho enloquecer y me miraba, lo sabía a pesar de que los tuviera ocultos tras los cristales oscuros de las gafas, con aquellos ojos tan verdes y líquidos y profundos. Él era él. Samuel. Tan guapo, tan simpático y tan plasta como siempre. Pero ahora, a mí, sus palabras me sonaban a hueco.

—¿Y tú? ¿Qué te cuentas?

Le hablé de todo y de nada. Del trabajo, de las vacaciones. De los días que me iría a Soria. Del barrio, que era como un pueblo en plena ciudad. De lo fantástico que era tenerlo todo tan a mano. Que no necesitaba para nada el coche y que me encantaba volver sola, de noche, como si hubiera vivido allí toda la vida. Y recibir gente, porque en casa y por fiestas, todo el mundo venía a Gracia. Incluso aquel ex mío que se había quedado en silla de ruedas, Guim, se había pasado hacía un par de días.

—Te había hablado de él, ¿verdad?

Era una pregunta retórica. Me acordaba perfectamente de cuándo le había hablado de Guim. Había sido la noche en la que Samuel y yo lo habíamos dejado definitivamente. Debían de ser casi las doce de la noche. Él me había acompañado a ver un espectáculo de cuentos y nos habíamos metido en un bar del Paralelo a cenar. Afuera, la noche se teñía con los fucsias y los estridentes colores de los carteles retroiluminados de los teatros y las salas de fiesta. Dentro, la luz era blanca e intensa, desproporcionada, antinatural. Compartíamos una pizza y había sido yo misma la que había dicho que igual lo mejor era dejar de vernos. Luego, ya con los cafés, me había animado a contarle la historia con Guim y aquel sueño que tenía y que se repetía.

—Sí que me acuerdo —respondió Samuel—. ¿Aún no te lo has sacado de la cabeza?

Bostezó. Puede que tuviera sueño, o tal vez se aburría. Detrás de él, en la plaza, se había congregado un grupo de gente mayor. Supuse que salían o entraban a misa. Dos de ellos se apartaron del resto.

—¿No te parece que te has quedado atrapada en aquella historia?

Había una pareja, un hombre y una mujer. Ella llevaba un vestido de flores con puntillas y tenía el pelo muy blanco, peinado de peluquería. No eran altos, ninguno de los dos. Samuel proseguía.

—¿Cuántos años teníais cuando estuvisteis juntos? ¿Dieciséis?

El hombre le pasó a la mujer el brazo por la cintura y le dio un beso en la mejilla. Ella se sonrojó.

—Diecisiete.

—Diecisiete. ¡Madre mía! —exclamó él mientras yo, con la mirada, seguía a la pareja que desaparecía por la calle Torrijos—. ¿Sabes? Creo que te estás aferrando a esa historia porque ninguna otra te sale bien.

Se me pasó por la cabeza mandarlo a tomar por saco. Soltarle que no le había pedido su opinión y que dejara de psicoanalizarme. Que lo único que le había contado, porque de algo tenemos que hablar en esta vida, era que había quedado con Guim, de la misma manera que había quedado con él, rollo ex, ¿verdad? Pero preferí desviar el tema de conversación. Él continuó hablando y hablando y escuchando su propia voz durante un buen rato, hasta que le llegó un mensaje al móvil y me dijo que se iba, que en cinco minutos tenía que estar en la plaza del Raspall para la prueba de sonido. Me propuso que me pasara. Que el concierto estaría bien. Y que tal vez, al acabar, podríamos tomarnos otra.

No quise ir. Preferí quedarme en casa esa noche y ducharme y acostarme temprano. Al día siguiente por la mañana me iba al pueblo, sola, en coche. Sentada en la taza del inodoro, mientras esperaba que el agua se calentara, llegué a la conclusión de que me la sudaba si Samuel tenía o no razón.

Yo también me había preguntado mil veces si no me sacaba a Guim de la cabeza porque nada me salía bien o si nada me salía bien porque no me sacaba a Guim de la cabeza. En realidad, no importaba qué era primero. Si el huevo o la gallina. Había huevo y había gallina. Había Guim. Todavía.

Entonces, cuando ya metía un pie dentro de la bañera, me entró un mensaje al móvil. Clara, tía, ¿puedo llamarte? Era Rut. Le pedí diez minutos. Vale, respondió ella. Pero no te cuelgues. Que tengo que contarte algo. Es sobre Guim. Fliparás.

112

Cuando teníamos diecisiete años, seis meses después de haberme dicho por primera vez que me quería, Guim rompió conmigo. La tarde que me dijo que me dejaba yo hacía ya varias semanas que sabía que pasaría. En algún momento preciso que no habría sabido concretar, había empezado el final. Guim había llevado el timón de nuestra relación arriba, arriba, siempre hacia arriba, y llegado un punto, un punto que él escogió y que fue nuestra cima, lo había soltado y nosotros nos precipitamos, los dos, por aquel abismo a la misma y vertiginosa velocidad a la que habíamos subido.

Sé que sabía que pasaría y que intenté evitarlo. Que probé a retenerlo con todas mis fuerzas: actué como creía que él quería que yo actuara para no dejarme. Pero lo único que conseguí al hacerlo fue esconderme tras una Clara desesperada y cada vez más pequeña, cada vez más insignificante. Me convertí en una sombra de mí misma que en vez de salvar la relación precipitó, más si cabe, la caída. Porque si Guim amaba a alguien, no era a aquella Clara, sino a la que se había escondido. A la que había desaparecido. Y yo veía que le perdía y que todo lo que hacía empeoraba más la situación. Aceleraba el proceso. Lo ensuciaba.

De alguna manera, la tarde en que Guim me dijo que teníamos que hablar, fue una liberación. Por un lado, me quité de encima la responsabilidad de reflotar aquel barco que se hundía. Ya no podía hacer nada para evitar que él se fuera. Por otro lado, pude volver a ser yo. Una yo con una herida muy grande. Una yo más sola que nunca, porque ahora sabía lo que era no estar sola. Pero yo, al fin y al cabo.

El día que me dejó, Guim volvió a decirme que me quería. Que era la mujer ideal, que se casaría conmigo. Pero que éramos demasiado jóvenes y que debíamos vivir la vida. Se trataba del típico tópico, el no eres tú, soy yo de los libros y las películas.

Pero yo sé que no. Sé que fue cosa de los dos. Que nuestra historia se terminó por cómo habíamos actuado ambos. Por el modo y la velocidad a la que nos habíamos querido. Por los ritmos desacompasados. Por cómo nos habíamos mostrado. Por lo que habíamos dicho y por lo que habíamos callado.

Cuando Guim terminó de hablar, yo me eché a llorar. Siempre se me ha dado bien llorar. Y no me molesta hacerlo. Creo que la porquería es mejor que esté fuera que dentro. Que dentro se pudre y pudre todo lo que toca. Que lo mejor es sacarla. Llorarla.

Aquella tarde, y las muchas tardes y noches que lloré por él, las lágrimas se llevaron toda la presión y toda la tristeza. La tristeza que sentía porque él me dejaba, pero sobre todo porque empezaba a comprender que las cosas terminan. Y que no podemos evitarlo. Que, por más que lo intentemos, se esfuman. Que los viajes llegan a su fin, los barcos regresan a puerto, el amor se marchita y las promesas se convierten en humo. En mentiras que ya no valen nada. En recuerdos. Dulces, dolorosos, borrosos. Huidizos.

113

Oye, Guim.

Dime.

¿Sabías que Pep, el novio de Mónica, es amigo de Olga?

Ahora que lo comentas, sí que me suena.

Hoy me ha hablado de ella. Dice que quedaron hace poco. Que es bailarina. Tú nunca me has hablado de ella. ¿Has vuelto a verla?

No.

¿No fue al hospital cuando el accidente? ¿A verte?

Sí. Vino una vez. Cuando estaba en el Vall d'Hebron. Pero no la dejé entrar.

¿Cómo? ¿Por qué? Es tu ex con mayúsculas.

No. Esa eres tú.

Ya me entiendes.

Preguntó. Antes de entrar. Preguntó si yo quería verla.

Y ¿no querías?

No lo sé. Me daba igual. Pero nadie más preguntó. Ella fue la única. Y me hizo ilusión poder responder que no.

114

El día que me iba al pueblo, Guim se conectó a media mañana para desearme buen viaje. No me encontró, pero me dejó un mensaje. Después de comer tenía fisio y ya no pudo ver si yo le había respondido hasta poco antes de cenar.

> ¡Gracias! Me voy en un rato. Aún no sé qué día volveré. Supongo que el domingo. Sé bueno y vete pronto a la cama. Nos vemos. ¡Besos!

No se molestó en contestarme. Hacía ya más de tres horas que le había escrito y calculó que debía de estar ya a medio camino de Soria. También sabía que no lo leería hasta la vuelta. Le había contado que en el pueblo no teníamos Internet.

Aunque dice que no quería hacerse ilusiones, para no llevarse un chasco después, reconoce que se había acostumbrado a nuestras charlas. Afortunadamente al día siguiente había quedado con el inventor que le estaba ayudando a desarrollar su nueva *handbike*. Le había montado un cambio de última generación. Tenían que hacer algunas pruebas. Eso ayudaría. Porque sabía que la semana sería larga. De esas que parece que nunca terminan de pasar.

115

No comprendía por qué seguía yendo al pueblo. Supongo que porque me gustaba. Era, es, un pueblo minúsculo de la provincia de Soria. Tan pequeño que Mónica, un verano que fue, sentenció que ni siquiera se merecía el apelativo de pueblo, que no pasaba de aldea. Menos mal que ella siempre ha sido muy precavida y no se lo comentó a mi abuela. La pobre mujer se hubiera ofendido. Porque para ella, el suyo, que era también el de sus padres y de sus abuelos y de los padres y los abuelos de sus abuelos, había sido siempre un pueblo bueno, con tierras, con río, con casas de piedra, sólidas y bien construidas, con una plaza grande, teleclub y, durante muchos años, escuela propia, un par de tiendas e incluso un bar.

Ir al pueblo equivalía a detener el tiempo. Era como cambiar de dimensión. Adentrarse en un lugar que se rige según su propia lógica. Allí mandaban un reloj y un calendario distintos que hacían que, cada verano al llegar, *ayer* dejara de ser ayer y pasara a ser el último día que habías estado allí el verano anterior. Tanto daba lo que hubieras hecho o quién fueras durante el resto del año. Todo quedaba reducido a una mera anécdota que, como mucho, ayudaría a vehicular una conversación. Poco más. Lo que importaba era quién eras tú en el pueblo: la tímida, la guapa, la lista, la graciosa, la pobre desgraciada. Y volver era tan simple como ocupar de nuevo la casilla que te correspondía.

A mí, mi casilla no me convencía demasiado: me sentía fuera de lugar. Me movía entre varios grupos y en el mío nunca me había sentido a gusto del todo. Sin embargo, volvía. Porque nos encontrábamos la familia entera. Porque mi abuela, de pronto, empezaba a soltar palabras y expresiones, este fluorescente está zorritonto, que en Barcelona ni se le venían a la cabeza. Por los torreznos y los huevos fritos para desayunar. Por la cal de las paredes. Por las pequeñas sillas de madera y mimbre que usábamos para sentarnos al fresco con los vecinos por las noches. Por el calor que apretaba durante el día, un calor seco que cae a plomo y que no te permite salir de casa hasta como mínimo las siete de la tarde. Por el acostarse de madrugada y levantarse pasadas las doce del mediodía. Por las partidas de Trivial. Y de Risk. Por la calma. Por aquel no hacer nada. Nada en absoluto. Por las horas y aún más horas de lectura encerrada en mi habitación. Por las ventanas medio abiertas a través de las cuales cada tanto se colaban conversaciones ajenas o el grito de alguien, ¿está Clara?, que te andaba buscando.

Y por el cielo, por supuesto. Sobre todo, por el cielo. Ese cielo inmenso y azul y plagado de nubes que se movían a toda velocidad y que se fundían con los campos de trigo allá a lo lejos, muy muy lejos, en la línea del horizonte.

116

Los padres de Guim se fueron a Cadaqués a pasar lo que quedaba del mes de agosto y dejaron a la chica que trabajaba en su casa con el encargo de que a Guim no le faltara nada. Cuando ella terminaba su jornada, hacia las ocho de la tarde, le dejaba la cena preparada, emplatada y cortada. Guim no tenía más que calentarla en el microondas y comérsela. Luego, regresaba al ordenador. Esos días, Oriol intentaba volver pronto del restaurante. A veces con algunos amigos. Cuando los oía llegar, siempre metiendo barullo, Guim salía a su encuentro.

Una de aquellas noches, además del par de colegas habituales, Oriol trajo a una chica. Parecía que era su nueva novia. Guapa, alta, morena y bastante más joven que él. Oriol tenía tendencia a buscárselas jovencitas. Guim la saludó con un gesto con la cabeza y una sonrisa y se quedó esperando que ella se le acercara.

A veces la gente no sabe gestionar esos momentos. Ya le había ocurrido antes. Son personas que nunca se han relacionado con alguien en silla. Que tienen que asumir que deberán tomar la iniciativa. Que no saben ni cómo dirigírsele. Si deben tomarle o no la mano, esa mano inerte y medio cerrada que por más que esperen no se abrirá ni agarrará la suya. Puede que les suponga un mundo gestionar el espacio, la silla, la postura, todo lo que implica acercarse y saludar siguiendo el mismo ritual que con el resto, los que están de pie y tienen dedos prensiles y manos de persona. Esa gente prefiere quedarse en su zona de confort, apartada y segura. Se pintan el rostro con una sonrisa idiota y pretenden así compensar su torpeza. Sin mover un dedo.

La nueva novia de Oriol, sin embargo, no era una de esas personas. Vaciló un instante, eso sí, pero enseguida y con soltura, se le acercó y le plantó dos besos en la cara la mar de sonoros. Le contó que Oriol le había hablado muchísimo de su hermanito y que tenía ya unas ganas locas de conocerlo.

117

El viernes por la noche había una cena popular en la plaza del pueblo: migas con chorizo y uvas, vino en porrón, café de puchero, pacharán, rifa y baile.

La noche terminaría tarde, cuando el sol estuviera ya alto probablemente, así que después de comer subí a mi cuarto a echarme un rato. A pesar del calor que hacía en la calle, dentro de la habitación las sábanas estaban frescas y agradecí la colcha sobre las piernas. Abrí un libro, pero antes de la segunda página, me dormí.

Estaba en el Zurich, en Barcelona. Me encontraba con Oriol. Charlábamos. Guim ha vuelto a caminar. Estará contento de verte. Como tantas otras veces, tantas, tantísimas, me acercaba a él. Conversábamos, nos reíamos, nos gustábamos, volvíamos.

Esa vez, sin embargo, el sueño volvió a transformarse. Avanzó un poco más. En realidad, no fue que ocurriera nada nuevo o distinto. La diferencia fue que en esta ocasión la Clara del sueño, y de rebote la Clara que soñaba, sintió en su interior una certeza, una verdad nueva que la invadía desde las vísceras: la razón por la que estás con Guim, la única, es que camina. Que no va en silla.

118

Guim y Oriol habían organizado una comida para aquel sábado a mediodía. Cuando se levantó y fue a desayunar, los invitados ya habían llegado y estaban esparcidos por el comedor. Jugaban a la consola apoltronados en el sofá y comían fuet y cacahuetes. Estaba también la chica que Oriol le había presentado la noche anterior y que, suponía, debía de haberse quedado a dormir. Iban todos en bañador.

Mientras él se tomaba el café, su hermano se paseaba por la cocina silbando. Iba de aquí para allá. Sacaba una Estrella del frigorífico, le servía a Guim cuatro galletas en un plato o se ponía a abrir paquetes de chuletas, chorizo, butifarras.

A Guim le gustaba que hubiera gente en casa. Cuando terminase de desayunar, iría al comedor. Todos, menos él, se bañarían. Oriol se tiraría de bomba a la piscina y salpicaría a tres metros a la redonda. Cocinarían la carne en la barbacoa y comerían en la mesa del porche. Para soportar mejor el calor, Guim se quitaría la camiseta y se remojaría la cabeza y los hombros en la ducha de la piscina. Tomarían café y algún chupito. Se reirían. De cualquier idiotez. Tal vez echarían una partida a las cartas o a algún otro juego de mesa. Hacia las cinco, Oriol se marcharía a trabajar. Su novia se iría con él. Los demás alargarían hasta las siete o incluso las ocho de la tarde. Luego, Guim se quedaría solo y se echaría un rato a descansar. También encendería el ordenador. En algún momento. Estaba seguro. Aunque sabía que yo aún no había vuelto del pueblo, abriría Messenger. Vería mi perfil desconectado y tal vez entonces se animaría a mandarme un mensaje al móvil. Tal vez.

119

Aleix decía que Barcelona son cuatro familias. Que todo el mundo se conoce. O conoce a alguien que conoce a otro alguien. Como Estel, una de las mejores amigas de Rut del instituto, que conocía a Guim. Y lo que les pasó era lo que Rut me había contado la noche antes de irme al pueblo.

Estel era fisioterapeuta y hacía tres años, justo cuando estaba terminando la carrera, había hecho prácticas en el gimnasio al que iba Guim. Le pareció un chico majo, muy normal. Simpático. Guapo también. Era agradable trabajar con él. Y una lástima. Era una verdadera lástima que un chico como él tuviera que cargar con semejante marrón encima.

Estel y Guim coincidían tres tardes en semana. Ella le ayudaba con las pesas. Se contaban cosas, se gastaban bromas y puede que, sin que Estel fuera demasiado consciente, flirtearan. Entonces, un día, quedaron. Fuera del gimnasio, quiero decir. Vete a saber a santo de qué. Y estuvo bien, contaba Rut. Ella lo pasó bien.

Me dijo Rut que Estel no se sentía orgullosa de lo que había hecho. De haber pasado de Guim de aquella manera. Pero que no había sabido hacerlo de otro modo.

—Se cagó viva, Clara.

Se asustó tanto de lo que sentía, de lo que estaba a punto de hacer, de lo que le pedía el cuerpo, que decidió cortarlo de raíz. Rompió cualquier tipo de contacto con él. Tiró a la basura el pedazo de papel con el número de teléfono de Guim y nunca volvió al gimnasio.

Fue la única manera que se le ocurrió de escapar. De no joderse la vida.

120

Guim escribió el mensaje una vez. ¡Hola! ¿Qué tal por el pueblo? ¿Quieres que quedemos cuando vuelvas? Lo borró. Lo escribió de nuevo. Lo volvió a borrar. Al cabo, dejó el móvil sobre la mesa, con la pantalla hacia abajo, y se concentró en la pantalla del ordenador.

121

Lo primero que hice el lunes que volví del pueblo al llegar al piso fue encender el ordenador para ver si Guim me había escrito.

Había estado fuera, y sin conexión, durante una semana entera. El chat de Messenger, sin embargo, no me mostraba ningún mensaje nuevo. El último era el mío, aquel en el que le decía que estaba a punto de salir para Soria. Hacía calor. Me incliné sobre el escritorio para abrir la ventana que daba al patio de luces y sentí una oleada de bochorno, ruidos y olores de cocinas y de baños. Volví a sentarme y me quedé embobada unos minutos, con la mirada perdida en la pantalla aún encendida e impasible.

Mónica y Pep no estaban. Me habían dicho que esa última semana de agosto se iban de travesía por la montaña. Si quería cenar algo, tendría que llegar a un súper antes de que cerraran. También tenía que regar las plantas. Lo más probable era que Mónica hubiera bajado las persianas del comedor y se hubiera olvidado de dejarles algo de luz. Si sobrevivían sería un milagro.

Fui al comedor sorteando el equipaje que había tirado de cualquier modo en el pasillo. Estaba todo oscuro. Maldecí a Mónica mientras me acercaba a la balconera. La abrí y la luz inundó la sala. A pesar del calor, las plantas de fuera tenían algo de mejor aspecto que las de dentro. Las regué todas con la jarra de la cocina y después me fumé un cigarrillo en el balcón. Gracia me sorprendía y me gustaba a partes iguales. Siempre había movimiento en la calle. Incluso un lunes en pleno agosto había gente.

Media hora más tarde volví a pasar frente al despacho. Llevaba el carrito de la compra e iba dispuesta a no entretenerme más. Pero el ordenador seguía encendido y la ventana de Messenger se había quedado abierta. Me acerqué como quien no quiere la cosa.

> Ey, ¿qué pasa, Clara? ¿Ya has vuelto?
> ¿Clara?
> ¿Estás ahí?

Hacía más de diez minutos que me había escrito. Suspiré y saboreé la agitación que me bullía en el estómago. Unos nervios que no eran solo nervios, sino también calor. Aún estaba conectado. Me senté y, con los dedos preparados ya sobre el teclado, releí los mensajes.

Me encantaba ver mi nombre allí, escrito junto al suyo. Saber que había sido él quien lo había tecleado. Y me pregunté si a él le pasaría lo mismo cuando yo escribiera el suyo.

> Hola, Guim.

122

Le dije que sí, que nos viéramos, pero que saliéramos por ahí. Que fuéramos a dar una vuelta o a tomar algo, lo que fuera. Que no nos quedáramos en su casa. Guim no salía por Sant Cugat desde el verano anterior al accidente, cuando trabajaba en la pizzería. No tenía la más remota idea de si los locales de entonces existían aún, ni de cuáles eran adecuados para tomarse un café o una cerveza a media tarde. Al final se había decidido por el Rostock, un bar que no tenía nada, que tenía una terraza en una acera absurda de una calle con mucho tráfico, pero que por alguna razón estaba siempre a reventar. Oriol le había confirmado que todavía existía y él creyó recordar que no tenía ningún escalón.

Cuando llegué, él me esperaba abajo, a pie de calle. Le había pedido a su hermano que le sacara dinero del cajero y a la chica, que se lo pusiera en la riñonera. También que comprobase que llevaba la documentación y que cuando tocasen al timbre le dejara que fuera él a abrir. Le dijo que regresaría tarde, cuando ella ya se hubiera ido. Que se llevaba llaves.

Estaba arisco. Tenso. En casa lo tenía todo bajo control. Fuera, en cambio, tenían que ayudarle. Yo tendría que ayudarle. Y él debería indicarme todo lo que tenía que hacer. Debíamos coger su coche, que era al que estaba acostumbrado para hacer la transferencia. Pero tendría que conducir yo. Él no necesitaba ayuda para subir al coche, aunque diera la sensación de que sí. Por más que alguien «bípedo» se pusiera de los nervios por lo lento que se movía, lo lograba. Una vez dentro, me indicaría cómo tenía que plegar la silla y me pediría que la guardase en el maletero. Cuando me sentara en el asiento del conductor, tendría que inclinarme sobre él para agarrar su cinturón y abrocharlo. Luego, debería conducir tres miserables minutos, kilómetro y medio, y buscar aparcamiento en la acera izquierda de la calle donde estaba el local al que íbamos. Entonces tendría que repetir toda la operación a la inversa y llevarlo hasta el bar.

Una vez sentados a una mesa de la terraza, ambos podríamos respirar ya tranquilos y, por feo o bonito que fuera el lugar, por mucha o poca gente que hubiera a nuestro alrededor, pediríamos algo, una caña, un café con hielo, y nos quedaríamos así, cara a cara, sin otra cosa que hacer que mirarnos, charlar y dejar correr el tiempo.

Me contó que había programado un videojuego. Que se lo había pasado en grande haciéndolo y que, gracias a aquel curso, les había encontrado sentido a las matemáticas del colegio. Yo le dije que me daba una pereza terrible volver a la universidad a la semana siguiente. Él, que su hermano tenía una novia nueva. Que era muy simpática. Yo, que Rut, mi amiga de la uni, sí, la de Palamós, la de los discos de Extremoduro también, me había hablado de una amiga suya que lo conocía.

—Es fisioterapeuta. Se llama Estel.

A él se le congeló la sonrisa en una expresión forzada. Se acordaba de ella. Claro que se acordaba.

—Se quedó mi mejor dibujo.

Me contó todo sobre el gimnasio y las pesas. Sobre ella, que se las asía a las muñecas con unas cinchas y luego se las quitaba; y sobre él, que le hablaba de sus dibujos. Me dijo que en aquella época había vuelto a dibujar. Tuve que comprar rotuladores porque con los lápices que usaba antes del accidente no conseguía marcar suficiente el color. Aquella moto me quedó perfecta. La dibujé en escorzo, con todos los brillos y detalles. Era mejor que las de antes del accidente.

—A ella le parecía imposible que pudiera dibujar con estas manos.

Me las mostró. Las manos. Las levantó y las dejó caer. Con las palmas hacia arriba. Los dedos en garra.

—Y ¿qué pasó?

—Quedamos un día. Yo le llevé el dibujo de la moto pintada y ella alucinó.

—¿Era guapa?

—No. O sí. No lo sé. Me acuerdo de que llevaba gafas. Era la primera chica con la que me relacionaba desde que tuve el accidente. Pero pasó de mí.

Tomó un trago. No me miraba a los ojos.

—¿Aún dibujas?

—No. Supongo que solo quería demostrarme que podía volver a hacerlo. Pero una vez que lo logré, ya no tenía sentido. Lo dejé y me aficioné a la paleoantropología.

Me reí.

—Eres un friqui. —Y añadí—: ¿Nos vamos?

Me pareció que él se habría quedado allí más rato. Pero aceptó. Pagué y, mientras le empujaba hacia el coche, me propuso que fuéramos a hacer curvas.

—Hace mucho que no voy por la Rabassada.

Conduje muy atenta a la calzada, con las manos bien agarradas al volante. El coche era automático, así que no tenía que estar cambiando de marcha. Solo debía frenar antes de entrar en la curva y acelerar a fondo hacia la mitad. Recorrimos la carretera entera. Guim me miraba de reojo desde el asiento del acompañante. Ahora viene una muy abierta hacia la derecha, me indicaba. Ahora la paella. Es muy pronunciada. Ya lo verás. Brutal.

Cuando íbamos ya de regreso para Sant Cugat, quiso que nos parásemos en el mirador. Había muchos coches y motos, parejas, grupos de gente que bebían y fumaban porros.

—¿Bajas? —me preguntó.

—¿Tú?

—No, yo no. Pero ve tú. Las vistas desde ese muro son espectaculares.

Salí del coche y busqué el tabaco y el mechero en el bolso, que había dejado tirado en el suelo detrás del asiento del conductor. Encendí un cigarrillo y me alejé. Me senté en el muro, de cara a la ciudad.

Él se había detenido muchas veces en aquel mirador. Se había sentado a fumar en el mismo sitio que yo, con Barcelona entera a los pies. Las torres de Sant Adrià y la montaña de Montjuïc. Los dos ríos. El puerto. La Sagrada Familia. La cuadrícula perfecta del Eixample.

Cinco minutos más tarde apuré el pitillo con una calada profunda. Tiré la colilla al suelo, la pisé, me puse de pie sobre la piedra. Estiré brazos y hombros para desperezar-me. El sol calentaba, la brisa me enredaba el pelo y Guim, desde el coche, me observaba.

123

Dice mi madre que cuando Guim tuvo el accidente yo estaba empezando a recuperarme. Que me había pasado varios meses, a raíz de que él me dejara, deambulando por la vida como un fantasma. Pero que después del verano y al empezar la universidad, había empezado a revivir. Todavía no le hablaba de otros chicos, pero se me veía más contenta. Mucho más feliz. Hasta aquella llamada. La del accidente. Y entonces, dice, volvieron las lágrimas y la expresión permanente de vosotros no lo entendéis, no podéis ni queréis ni jamás entenderéis nada, nada, absolutamente nada de lo que me pasa.

Dice que ella me veía ir y venir. De nuestra casa al hospital o a su casa en Sant Cugat. Cualquier día, a cualquier hora. Que cuando no lloraba, la vista se me perdía en el vacío. Que estaba muy triste. Que no podían decirme nada porque saltaba como un resorte. También, que mi padre se hizo a la idea de que yo volvería con Guim y que le cuidaría y sería su enfermera por siempre jamás. Que sacrificaría mi vida por él. Que sería una especie de monja mártir perpetua.

Así que, a pesar de que había pasado el tiempo y de que las cosas no habían ido de aquella manera, yo hacía años que evitaba hablarles de Guim. Por eso en el pueblo no les conté nada sobre él. No quería ver cómo se crispaban al oír su nombre, ni que cruzaran miradas cargadas de preocupación.

No me interesaban, para nada, sus demonios.

124

¿Sabes algo de Xènia?

No. Desde que estoy en Sant Cugat no ha vuelto a visitarme.
Ya era hora.

Joder, Guim, cómo te pasas, ¿no?

¿Yo? Pero si fue ella la que me dejó.

¿Cómo que te dejó ella? Lo dejasteis los dos. De común acuerdo, ¿no?

Bueno, vale. A mí me pareció bien dejarlo. Era lo que tocaba y tal. Pero la que fue a verme con la idea de dejarlo, fue ella.

Yo creía que...

Fueron sus padres. Estoy convencido. Vieron lo
que me había pasado y la hicieron poner tierra
de por medio. Cortar de raíz.

Pero tú, a mí, aquel día me dijiste que habías
sido tú. Que te querías centrar en la recuperación.
Que no tenías tiempo para gilipolleces.

No sé qué te dije, Clara.
Pero fue ella.
Por eso volvía.

¿Cómo?

Había estado colada por mí durante más de un año
y cuando por fin consiguió salir conmigo, me quedé
tetrapléjico. Supongo que se sentía culpable. Y que
esa era la razón por la que seguía visitándome.

Lo siento.

¿Qué es lo que sientes?

No lo sé.
Todo.

Yo no. Me dijeron que no podría estar con una chica
que me hubiera conocido antes del accidente.

¿Quién te dijo eso?

Alguien. En Guttmann.

¿Los médicos? ¿Los psicólogos?

No, no, qué va. Los médicos, no. Algún sabio de
por allí. Un paciente veterano, con experiencia.

Pero ¿por qué?

Porque es difícil borrar la imagen anterior que la gente
tiene de ti.
Para alguien que me conozca de antes del accidente, yo
soy aquel Guim. Tiene que ser alguien que me conozca así.
Con silla.
Como soy ahora.

125

Le pedí a Raúl que me llevara a casa.

Era el último viernes de vacaciones y habíamos salido por el Paralelo. A las dos y media, el plan era ir al Apolo, pero yo pasaba. Al día siguiente había quedado para comer con mis padres. Me tenía que levantar temprano. No me apetecía.

A Raúl le brillaron los ojos y aceptó enseguida. No nos veíamos desde julio. Se despidió de sus amigos con muecas de satisfacción y salimos juntos del bar. Tenía el coche aparcado en la calle Nou de la Rambla. De camino hacia allí no pude evitar que me pasara el brazo por encima de los hombros. Tenía un coche viejo y destartalado, con asientos de piel, o de imitación de piel, muy blandos. Más que sentarme, me dejé caer sobre ellos, a plomo. Raúl puso aquella música modernilla que solía escuchar y abrió las ventanillas. El aire de la madrugada era fresco.

Durante todo el trayecto noté que me observaba de reojo. Sabía que me estaba buscando. Me imaginaba sus ojos verdes, risueños, cómplices, y el brillo de su piel morena bajo las luces de las farolas y los semáforos. Pero no me giraba a devolverle la mirada. Me mantenía absorta en los coches que nos adelantaban por la derecha; en los escaparates cerrados; en los balcones y las ventanas, a oscuras algunos, otros iluminados. Sentía que la química que había entre nosotros se había esfumado. Como si alguien hubiera cortado el cable.

Tomó la calle Escorial y, cuando dobló por Encarnación, le dije que no hacía falta que aparcara. Que se detuviera un momento en Torrent de les Flors, detrás de los contenedores.

—¿No quieres que suba?

Me había aprovechado de él. Llegar a Gracia desde el Paralelo era una odisea y me iba tan bien que me hiciera de taxista. Pobrecillo. Él todavía contaba con que nos acostaríamos.

—Lo siento, Raúl.

Por un segundo, él vaciló y después, como si lo hubiera comprendido de pronto, me preguntó:

—¿Sales con alguien?

—No. No exactamente.

Entonces, sin saber por qué lo hacía, me volví hacia él, me recosté en la puerta del copiloto y me arranqué a contárselo todo. Que tenía un ex, un ex de hacía un montón de años. Que había sido mi primer novio y que había tenido un accidente de moto. Que se había quedado tetrapléjico. Que cuando ocurrió, ya no estábamos juntos, y, sin embargo, llevábamos años dándole vueltas a aquella historia pasada. Nunca me lo he llegado a sacar de la cabeza totalmente, ¿sabes? Y ahora. Yo qué sé. Aún no ha..., pero algo me dice que...

—Para, Clara. Para un momento.

Le miré con los ojos muy abiertos y una sonrisa boba que se me pintó sola en los labios. Como de ilusión.

—Vale, vale, ya lo sé. Ahora me dirás que puede que él no quiera nada conmigo. Ya sé que igual me manda a tomar viento, pero...

—¿Cómo dices? ¿Que él qué? Pero él... no camina, ¿no? Quiero decir que va en silla de ruedas.

—Claro. Ya te lo he dicho. Es tetrapléjico.

No se lo podía creer. Era incapaz de asumir que le estaba plantando por un tío en silla de ruedas que ni siquiera sabía si quería algo conmigo. Mientras contemplaba su expresión de incredulidad, sentí que me invadía una oleada de euforia. Me despedí. Le dije adiós, le planté un beso en cada mejilla y me apeé del coche. Caminé directa hacia el portal de mi casa sin girarme ni una vez. Estaba encantada. Encantada con lo que acababa de hacer y de decir en voz alta.

126

Nos encontramos en el chat, el sábado, de madrugada, y Guim me propuso que fuéramos a cenar. Supongo que lo había provocado yo al quejarme de que, al día siguiente, que era domingo, 31 de agosto y último día de vacaciones, sería un día muy duro. El colmo de la depresión.

Cuando me lo propuso, se me pasó por la cabeza decirle que no. Que no era buena idea. Que el lunes me tenía que levantar muy temprano y llegar a la uni en condiciones. Pero en vez de eso le dije que vale, que fuéramos a algún sitio, a uno bonito. Y a él se le ocurrió Sitges. Decía que no había ido desde antes del accidente. Y que le daba buen rollo.

127

No me di cuenta de lo mala idea que había sido ponerme las chanclas hasta que empezamos a subir la cuesta de la iglesia. Habíamos aparcado el coche frente a la playa de San Sebastián. No había casi nadie por la calle. Solo un par de restaurantes estaban abiertos, pero vacíos, un hombre paseaba un perro, una pareja se metía en un portal. Nos sonaba que el centro del pueblo quedaba hacia la izquierda y tomamos la peor ruta posible. La calle, paralela a la línea de la costa, tenía mucha pendiente y el pavimento estaba adoquinado. Puesto que la suela de las chanclas resbalaba como un demonio, tenía que andar muy despacio. Nos jugábamos la vida a cada paso, pero conseguimos llegar hasta el mirador y allí nos detuvimos a descansar.

Yo me fumé un cigarrillo y estuvimos contemplando las vistas. El paseo. Las palmeras. La playa desierta. Después, bajamos por la calzada para esquivar las escaleras y descubrí que cuesta abajo era todavía más difícil no resbalar.

En la calle del Pecado había algo más de ambiente, pero no demasiado. La gente tenía aspecto de estar de vuelta de todo. Sin embargo, a pesar de la poca concurrencia, se oía música dentro de los bares y restaurantes. Cruzamos miradas de complicidad con algunos viandantes. Todos éramos conscientes de que le estábamos robando las últimas horas al verano.

Encontramos enseguida un restaurante grande con una especie de terraza cubierta que daba a la calle y muchas mesas vacías. Era amplio y accesible. Nos pareció un buen sitio. Nos sentamos, pedimos las cartas y comentamos qué pediríamos. Entonces, cuando aún no se nos había acercado ningún camarero a tomarnos la nota, fue cuando empezó a llover. A cántaros.

Debía de hacer ya rato que el cielo se había empezado a nublar, pero nosotros no nos habíamos dado cuenta. Yo al menos. Y la tormenta nos pilló por sorpresa. Todo se había vuelto negro a nuestro alrededor y se oía el ruido de las gotas, unos goterones enormes y contundentes, que se estrellaban contra el suelo de la calle. Veíamos el destello de los relámpagos y, de lejos y con retraso, el estallido de los truenos. Guim y yo nos miramos con una sonrisa nerviosa. Nos habíamos librado por los pelos.

Las gotas se aceleraron y un minuto más tarde, tres metros más lejos de donde estábamos, donde terminaba el techo que nos protegía, caía una cortina de agua gruesa e implacable. Me levanté y me asomé. Camareros, vigilantes de seguridad y clientes habían salido también a curiosear. Había gente empapada refugiada bajo los quicios de los balcones y de los soportales. En uno de los pubs musicales pincharon *It's raining men* a todo volumen y dos chicos sin camiseta se pusieron a bailar bajo la lluvia.

Le hice una seña a Guim para que se acercara él también a mirar. No podíamos parar de reír. Era surrealista. No teníamos ni idea de qué pintábamos nosotros dos allí. Juntos. Tampoco de cómo volveríamos al coche. Pero no nos importaba.

128

Estábamos a gusto. Guim me pidió que le abriera la botella de Coca-Cola y durante un buen rato charlamos sobre el diluvio. Sobre el ambiente decadente de final de verano. Sin embargo, a pesar de que no queríamos hacerlo, terminamos hablando sobre el pasado.

—Era muy duro ir a verte, Guim. No me hacías ningún caso.

Sobre las visitas.

—¿Cómo que no?

Sobre los malentendidos.

—No quería molestarte. Ni preguntarte cosas que tú no quisieras contarme. Tampoco agobiarte. Me quedaba allí sentada, sin más, y después de un rato, una hora, dos, me iba. Me sentía imbécil. A veces ni siquiera me dirigías la palabra más allá de un hola y un adiós.

—Creo que no sé de cuándo me hablas.

—De cuando te visitaba. En el Vall d'Hebron. En el piso de Sant Cugat, los fines de semana.

Sobre los silencios.

—Joder, Clara. Pero yo entonces estaba muy reciente. Me encontraba fatal. No tenía cabeza para nada. Me mareaba muchísimo. Ni siquiera recuerdo esas tardes de las que hablas. Solo que me pasaba el día entero en la cama. Y tú... tú no viniste tantas veces, ¿no?

129

—Me contaste que te habías peleado con Lucía.

Íbamos por el segundo plato. Él había pedido una escalopa. Yo, pasta.

—En realidad fue ella la que se cabreó conmigo.

—¿Por qué?

—Porque no me quise enrollar con ella.

—¿Te gustaba?

—Era guapa. Manel estuvo años tirándole los trastos.

—Pero a ti, ¿te gustaba? —insistí.

—Sí. Supongo que sí.

—¿Y entonces? ¿Por qué no te enrollaste con ella?

—No quise dar el primer paso.

—¿Por qué?

—Por ti. Hacía poco que lo habíamos dejado. Tú lo estabas pasando mal y yo no quería echarle más leña al fuego. No quería provocar la situación.

No quería ser el malo, pensé.

—Pero ¿y si ella hubiera tomado la iniciativa?

—Era demasiado orgullosa para hacerlo.

—Pero ¿si lo hubiera hecho?

—Supongo que sí, que entonces nos habríamos enrollado.

Me quedé mirando el plato y revolví los macarrones con el tenedor. No me animaba a comer. Por la garganta me subía un nudo, una bola cada vez más grande con la pregunta que llevaba años haciéndome pero que no me decidía a pronunciar. ¿Por qué? ¿Por qué me dejaste? ¿Por qué me arrastraste a toda esa mierda y después me dejaste sola? No me lo merecía.

—La llevaste a ella. En la moto. Contigo —me oí decir.

Él abrió muchos los ojos, arqueó las cejas. No sabía de qué le estaba hablando.

—El último día de sélec —proseguí, y noté que la voz me temblaba—. Por la noche. Habíamos quedado todos para salir a celebrarlo. En la puerta del colegio. Tú llegaste y pasaste de todo el mundo. Aparcaste la moto, fuiste hacia donde estaba Lucía y os fuisteis juntos. No os despedisteis de nadie. Y eso que era el último día que nos veíamos. Que tal vez no volviéramos a coincidir en la vida.

—No me acuerdo —respondió. Serio, cabizbajo.

—Te habías pasado el curso entero hablándome de todo lo que haríamos cuando tuvieras la moto grande. Pero aquella noche, la llevaste a ella.

—Lo siento, Clara. Yo no quería. No pensé. Era un idiota.

Desvié la mirada. Un camarero estaba limpiando las mesas del fondo y ordenaba platos, cubiertos, manteles. No quería parpadear y que se me escapasen las lágrimas. ¿Por qué estábamos hablando de todo eso? Era agua pasada.

—Después te vengaste —me soltó él, con una leve sonrisa y aire de resignación—. Fuiste tú la que pasaste de mí.

Todos estos años. Venías. No volvías. Me pasaba meses sin saber de ti.

—Ya, pero...

No me salían las palabras, pero las notaba hirviéndome dentro del cerebro. Incluso cuando no iba a verte, pensaba en ti. Cada rincón en el que estuvimos juntos me recordaba a ti. Nuestra historia me pesaba, me pesa, como una losa. Dice Mónica que todos los chicos que me gustan se te parecen, incluso Samuel, incluso los que no tienen nada que ver contigo.

—Y aquel fin de año me dejaste plantado.

Faltaba el episodio de fin de año. La primera huida. Y aquí sí que salté, como un resorte, a defenderme.

—Si me lo hubieras pedido cuando tuviste el accidente, habría hecho cualquier cosa. Pero entonces tú no querías saber nada de nadie. Me lo dijiste. Y luego, en diciembre, era yo la que tenía la cabeza en otra parte. Acababa de empezar a salir con un chico.

—Solo te toqué la mano.

—Me asusté.

Aparté el plato. No tenía más hambre. Él masticaba los últimos pedazos de carne en silencio, con la boca cerrada, despacio. Cada tanto tomaba el vaso con la base de los dedos pulgares y bebía.

—Y ahora, ¿qué? —le pregunté—. ¿Por qué me llamaste?

—Pensé que de no hacerlo tal vez no nos viéramos nunca más.

Era lo más probable. Y puede que hubiera tenido que ser así. Ya casi lo habíamos superado.

—Lo nuestro no duró ni seis meses, Guim.

—Seis meses juntos y seis años de trauma.

—Quizás todo esto tenga que terminar aquí. Puede que ya no dé más de sí.

Él asintió y nos quedamos ambos en silencio. Había dejado de llover.

130

Al salir del restaurante, la calle, las mesas y las sillas de las terrazas, los parasoles, todo estaba empapado. Me puse la chaqueta y aun así sentí frío en las piernas. Me alegré de no arrastrar los pantalones y de que solo se me mojasen los pies. Guim se había puesto también un suéter y se dejaba llevar. Desandábamos callados el mismo camino que habíamos recorrido al llegar.

Sentía un gran vacío en el estómago. Como un hueco. No había imaginado así la noche. Aunque tal vez fuera lo mejor. Cerrar todo aquello de una vez. Sería un alivio después de tanto tiempo. Ya no quedaría nada que nos uniera, ninguna excusa para vernos. Solo seríamos ex. El recuerdo cada vez más vago de una historia antigua. Pasada.

Llegamos al aparcamiento. No quedaba ni un alma. Los restaurantes habían cerrado y solo la luz turbia de algunas farolas iluminaba el paseo. Bajé de la acera e hice rodar a Guim hacia el lateral de coche. Estaba aparcado en semibatería, enfocado hacia la playa. Cuando iba a avanzarme para abrirle la puerta, nos quedamos los dos estupefactos. Yo aún tras él, con las manos agarradas a los puños de la silla. Frente a nosotros, el mar ofrecía un espectáculo increíble.

El temporal que hacía una hora y media había descargado en la calle del Pecado se había desplazado mar adentro y se había convertido en una tormenta eléctrica alucinante. Los rayos caían sobre el agua y se recortaban contra la línea del horizonte. Todo quedaba entonces iluminado durante unos segundos que parecían mágicos: el mar, el cielo, la playa, el paseo, Guim, los puños de la silla de ruedas, mis manos.

131

Dice que el espectáculo era impresionante. Que nosotros estábamos aún junto al coche, a punto de entrar. Yo detrás. Los dos embobados frente al mar. Y que entonces notó cómo yo le abrazaba por la espalda. Que él, con sus brazos, agarró los míos y que nos quedamos así un buen rato. Abrazados y sin movernos. Que entonces él se giró a mirarme y que nos besamos.

Lentamente fui desplazándome hacia delante, hacia su lado. Nos reconocimos el sabor de las bocas, la forma de los dientes, la avidez de las lenguas. Yo le acariciaba el pelo, el cuello, las mejillas ásperas con barba de tres días. Pero la postura era incómoda y pronto terminé por sentarme encima, a horcajadas, de cara a él.

Ninguno de los dos hubiera sabido decir cuánto rato estuvimos así, comiéndonos a besos, enredados frente a la playa, con aquellos relámpagos cayendo sobre el mar. El tiempo se detuvo.

Dice que cuando volvíamos en coche hacia Sant Cugat, en silencio y con una sensación compartida de incredulidad, pensó que lo que había ocurrido no pasaría de anécdota. Que solo había sido un momento de debilidad frente a una tormenta eléctrica de ensueño. Un ataque de nostalgia. Una bonita despedida.

Sin embargo, cuando nos detuvimos en un semáforo, yo solté el volante y le agarré la mano. Que la acaricié, sin mirarle, con la mirada fija al frente. Y que entonces él dudó. Que tal vez sí. Que tal vez aquello estaba ocurriendo de verdad.

132

Volvimos a vernos al cabo de dos días. En el tren camino de Sant Cugat yo sentí todavía el gusanillo en el estómago. Aún no le había contado a nadie que nos habíamos liado. No sabía qué pasaría ahora. Si la cosa seguiría adelante.

Al entrar en la habitación vi que Guim me estaba esperando con las piernas y los brazos cruzados, como siempre. A pesar de que sonreía, yo no sabía qué significaba esa sonrisa. Ni el brillo de su mirada. Tampoco cómo se suponía que debía saludarle. Decidí dejarme guiar por el instinto. Y el instinto me dictaba que no pensara, que no hiciera lo que creía que tenía que hacer, sino lo que me apetecía. Me acerqué a él y le di un beso en los labios. Breve pero firme. Era mi manera de decirle que yo sí quería.

—Mujer, dame un abrazo al menos, ¿no?

Esta fue la suya. Su yo también. Y me confirmó que abrazar a alguien que va en silla de ruedas es todavía más complicado que darle dos besos. Porque yo estaba de pie y él sentado y encajar los cuerpos sentándome encima como había hecho el domingo me parecía ahora demasiado forzado. Traté de inclinarme sobre él y conseguí apoyar la barbilla sobre su hombro. Le pasé los brazos por detrás de la espalda y le apreté fuerte hacia mí porque nunca me han gustado los abrazos ni los apretones de manos tibios y sin alma. Hundí la cara en su clavícula. Sentí su respiración, su aliento, su olor. Durante un par de minutos. Tal vez más. Cuando me aparté, Guim me dio las gracias. Y añadió:

—Es el primer abrazo que me dan en seis años.

133

Esa tarde nos dimos una vuelta con el coche otra vez. Fuimos hasta Barcelona por la carretera de Vallvidrera y luego deshicimos el camino de vuelta. Nos paramos en un área de descanso. Detuve el motor y volvimos a abrazarnos. A besarnos. Cuando ya no sabíamos qué más hacer con las lenguas, empezamos a meternos mano por debajo de las camisetas e intentamos encontrar caminos y atajos. Nos reímos recordando cómo nos liábamos en plena calle cuando teníamos diecisiete años y nos poníamos cachondos sin tener donde caernos muertos. Ahora era aún más complicado, pero no desfallecíamos y nos buscábamos la piel como quien busca agua en el desierto. Como el viajero que regresa al hogar. Queríamos volver a recorrer todas las primeras veces que estaban por llegar. El primer beso, la primera confidencia, la primera cena, el primer viaje, el primer cine, la primera noche juntos. Queríamos quemar etapas y regresar al punto de partida. Al momento exacto en que la puerta, nuestra puerta, se había cerrado.

134

La primera noche que dormiríamos juntos me preparé una bolsa con ropa y me planté en su casa hacia las siete de la tarde. Mi piso no era accesible y ese fin de semana sus padres estaban fuera. No habíamos hablado del tema. Él me lo había propuesto y yo había aceptado.

En cuanto entré por la puerta, antes incluso de que hubiera podido acomodar mis cosas, él empezó ya a darme un montón de explicaciones. De lo que me encontraría. De sus rutinas. De todo lo que yo nunca había visto porque formaba parte de su intimidad.

Me pareció algo brusco, pero supongo que estaba nervioso y que necesitaba soltarlo. Avisarme. Prepararme. Para que no saliera corriendo. O para no salir él corriendo.

—Guim, tranquilo. Ya me imagino que hay cosas. Montones de cosas.

Montones de cosas que al cabo no fueron tantas. Cómo se gestionaba por las noches y cómo le funcionaba ahora el cuerpo. Dónde tenía sensibilidad y dónde no. Que, puesto que tenía sensibilidad, podía sentir placer. Hasta un cierto punto, pero que lo sentía. Y yo, aprovechando que la cosa iba de confidencias, le solté también las mías: cómo me gestionaba por las noches y cómo me funcionaba el cuerpo. Que podía sentir placer, pero que a menudo, muy a menudo, no conseguía llegar al orgasmo. Que ya me había pasado con él, cuando salíamos, y también con otros. Pero que no se preocupara. Que a mí así también me gustaba. Que no pasaba nada. Que estaba acostumbrada.

Una vez en la cama, sin embargo, descubrimos que sin la silla por el medio nuestros cuerpos se acoplaban la mar de bien. Que había rincones nuestros que se habían conservado idénticos a cuando teníamos diecisiete y que, en cambio, otros eran ahora distintos. Que lo que nos gustaba entonces, como que yo le lamiera la oreja, le provocaba ahora unas terribles cosquillas. Que gestos tan pequeños como acariciarle el pelo o que él me tocase a mí las piernas, podían hacernos enloquecer.

Estuvimos mucho rato haciendo el amor. Mucho. Hasta que tuvimos que detenernos, agotados. Sin embargo, él se negó a dejarlo así, sin más. Que no, Guim, que tardaré mucho. Será un rollo. No merece la pena.

—Háztelo tú.

Yo oculté la cara entre mis manos. Pero él insistió. Vamos, Clara, por favor. Me tomó la mano, mi mano, y me chupó los dedos, uno a uno. Luego, me dirigió hacia abajo. Y mientras él me pellizcaba los pezones y me mordía la oreja, mientras me lamía el cuello y me metía la lengua entre los labios, entre los dientes, yo me masturbé, y cuando me corrí mi gemido se coló en su boca y él me abrazó y me besó y todo, todo, todo estalló.

135

Cuando les conté que había vuelto con Guim, Aleix, como buen enamorado del amor, me dijo que le parecía precioso. Mónica, que me conocía mejor que yo misma, afirmó que se lo olió desde que había vuelto a verle después de Palamós y me había ido a verle vestida como si fuera a una cita. No soy capaz de recordar la reacción que tuvo Rut. Sí la de alguna gente que me dijo que era admirable, como si enamorarse de alguien fuera algo digno de admiración. Otros, como Samuel, no terminaron de entenderlo.

Mis padres se angustiaron bastante. Era el peor escenario que habían imaginado, uno que habían olvidado hacía tiempo y que de pronto se convertía en realidad. Para continuar con la tradición familiar, se lo conté mientras cenábamos en un restaurante. Montamos un buen espectáculo: todos llorando a lágrima viva mientras el pobre camarero traía y llevaba platos y rellenaba las copas. Pero yo no pensaba escondérselo y a ellos no les quedó otra que aceptarlo. Sergi no participó de la conversación, pero luego, cuando estuvimos solos, me dijo que se alegraba.

Guim y yo adoptamos rutinas enseguida. Los días que no nos veíamos, nos telefoneábamos un par de veces. Entre semana, cada miércoles, cenábamos juntos en Barcelona, ensaladas creativas en verano y sopa de cebolla cuando empezó a hacer frío. Luego, yo le llevaba a Sant Cugat y me quedaba a dormir en su casa. Los fines de semana los pasábamos juntos. Íbamos al cine o a cenar. Salíamos con sus amigos o con los míos. Nos regalábamos algún teatro. Algunos domingos íbamos a comer con mis padres. Guim descubrió que mi madre cocinaba los mejores huevos rotos del mundo y mis padres que Guim, al fin y al cabo, era una persona como cualquier otra. En su casa, con sus padres y su hermano, mi presencia se hizo habitual. Aunque su habitación no tenía pestillo, su puerta, como había ocurrido cuando éramos adolescentes, nunca se abrió. A veces, cuando Candela y Ferran iban a Cadaqués, se nos hacían las tantas jugando al Catán, o al Carcassone, o al Alhambra, con Oriol y su novia.

Sin embargo, lo que más hacíamos era encerrarnos en su cuarto durante horas. Gastábamos las tardes y las noches abrazados bajo las sábanas. Nos contemplábamos los pies y los brazos y los pechos y los lunares y las barrigas. Nos hacíamos cosquillas. Nos acariciábamos el pelo y la cara. Los párpados cerrados. La piel de los labios. Veíamos películas. Charlábamos. Mucho. Por los codos. Hacíamos planes de viajes y de vacaciones y de cosas que algún día haríamos, juntos, cuando se nos terminasen las ganas de quedarnos allí, en la cama, queriéndonos.

136

Dice Guim que después del accidente, a pesar de tener sensibilidad, el placer sexual no le llenaba. Porque no conseguía llegar a ningún sitio. Pero que conmigo, a medida que él llegó a conocerme bien, cuando aprendió a usar los dedos, la boca, la lengua para hacérmelo él, recuperó todo el sentido que había perdido.

Alguna que otra vez yo le dije que lo sentía. Que sentía no poder hacer más. Yo. Por él. Y él replicaba que no. Que él sentía placer cuando yo lo sentía.

—Más aún porque soy yo quien te hace sentirlo. Y tú eres tú. Clara. La Clara que quiero.

137

Me acuerdo de una tarde. Hacía quizás un mes de Sitges. Yo me había quedado dormida y le abrazaba con todo el cuerpo: la cabeza sobre su espalda, el brazo sobre su pecho, su pierna entre las mías. Cuando desperté, alrededor de las seis de la tarde, vi su perfil sobrio, tranquilo, concentrado en la película y me eché a llorar.

—Ey, Clara, ¿qué te pasa? —me preguntó cuando notó los espasmos de mis sollozos.

Había clavado el codo en el colchón para incorporarse y me miraba. Yo sentía que podría dejarme tragar por aquel marrón tan cálido de sus ojos y lo abracé. Lo abracé tan fuerte que le hice perder el equilibrio y caer hacia atrás sobre la almohada de nuevo. Sentía un nudo dentro de mí, uno que se parecía mucho a aquel otro, al de siempre, al nudo de nervios y angustia y palabras trabadas que luchan por salir, pero no saben cómo hacerlo.

—Me siento como si durante todo este tiempo, durante todos los años que hemos estado separados, yo me hubiera marchado. A otra parte. Lejos, muy lejos.

Guim me pasó las manos, esas manos suyas medio cerradas y ásperas, por el pelo. Trató de apartármelo de la cara y me dio un beso que me supo húmedo y salado por las lágrimas. Y yo, antes de hundirme en aquel rincón entre su clavícula y el cuello, añadí:

—Y ahora hubiera vuelto a casa.

Epílogo

Tenía dudas sobre si escribir o no un epílogo. Un capítulo final de esos que empiezan con un veinte años más tarde. Uno que mostrase qué fue de Guim y de Clara. Qué fue de nosotros. Que Guim, por tozudo, consiguió adaptar un coche en Alemania, importarlo y legalizarlo aquí. Que yo no llegué nunca a terminar la tesina y dejé la universidad. Que él acabó la carrera con una oferta de trabajo como programador de videojuegos, pero que prefirió montar una empresa para comercializar sus propios inventos. Que esos inventos no fueron más que motos: motos para cojos. Que yo también me uní al proyecto, durante un tiempo. Que tuvimos tres hijas. Que, como tantas parejas, hemos pasado por crisis y peleas y momentos críticos en los que parece que todo se va al traste. Que, a pesar de todo, la mayoría de las noches seguimos durmiendo abrazados. Que la sensación de hogar, de sentirse en casa, no se ha desvanecido jamás.

Pero no lo haré: no lo escribiré.

Porque esa no es la historia que yo quería contar. Y porque no podría encajarlo en un único capítulo. Sería demasiado extenso. Porque, como dice la canción, la vida era lo que venía después. Pero eso nosotros todavía no lo sabíamos.

Sant Cugat del Vallès, 20 de abril de 2021

Agradecimientos

Gracias a Muriel Villanueva por darme, como maestra y como autora, los empujones necesarios para ponerme a escribir. A Roger Coch, por su manera de trabajar la creatividad y la escritura: viva, natural, fluida.

A ellos, a Emma Mussoll, a Clara Comas, a Carme Bertran y a Gemma Cateura, por leer los primeros borradores de *La lista de las cosas imposibles*, por darme ideas, por decirme cuándo el texto funcionaba y cuándo no, por hacerme reescribir, reescribir y reescribir. A Lídia, Albert, Surama, Eva, mis padres y mi hermano, por ser los primeros lectores de la versión terminada.

Al jurado del Premio Carlemany 2021, por creer que la novela merecía el premio. A Glòria Gasch, mi editora, y a Juanjo Boya y Ricard Vela, de la agencia literaria Oh!Books!, por acompañarme y guiarme en este viaje. A Ignacio Fernández, a Mercedes Castro y al equipo de Plataforma Editorial por creer en la versión en castellano y convertirla en este libro.

A los doctores Joan Vidal y Albert Borau y a todo el equipo médico, de enfermería, fisioterapia, administrativo y de servicios del Instituto Guttmann, por poner sus conocimientos, su experiencia y su buen hacer en la vida de los demás.

A mis hijas, Irene, Mònica y Alícia, por ser y estar ahí.

Y a Pau, por todo.

Tu opinión es importante.

Por favor, haznos llegar tus comentarios a través
de nuestra web y nuestras redes sociales:

www.plataformaneo.com
www.facebook.com/plataformaneo
@plataformaneo

Plataforma Editorial planta un árbol
por cada título publicado.

Llévame
a
cualquier
lugar

Alice Kellen